婀《あ》娜《だ》めく華、手《た》折《お》られる罪

鈴木あみ

白泉社花丸文庫

遊郭言葉辞典

お職…………おしょく。その娼家の中で最も売れっ子の遊女。（大見世ではこの呼び方はしなかったようですが、本作ではこれで通してます）

妓楼主………妓楼（遊郭）の主人。オーナー。

清掻き………張り見世を開くとき弾かれる、歌を伴わない三味線曲。「みせすががき」とも。

引っ込み禿…遊女見習いの少女で、特に見込みのある者。芸事などを習わせ、将来売れっ子になるための準備をさせた。（本来、13～14歳までの少女たちであったようですが、本作では16歳までの禿扱いになっています）

遣り手………遊郭内の一切を取り仕切る役割の者。遊女上がりの者がなることが多かった。

婀娜《あだ》めく華、手折《たお》られる罪　もくじ

イラスト／樹要《いつきかなめ》

今から十数年前、売春防止法が廃止され、一等赤線地区が復活した。昔ながらの遊郭《ゆうかく》や高級娼館《しょうかん》等が再建され、吉原《よしわら》はかつての遊里《ゆうり》としての姿を取り戻している。

見世《みせ》清掻《すが》きの音が、何故だかいつもより遠く聞こえる。

行燈《あんどん》の小さな明かりだけが灯《とも》る紅殻塗《べんがらぬ》りの部屋で、椿《つばき》はきちんと膝《ひざ》を揃《そろ》えて座っていた。

仕掛けと呼ばれる華《はな》やかな打ち掛けを纏《まと》い、目の前には、赤い三つ布団《ふとん》の褥《しとね》。

少し顔を傾《かたむ》ければ、鏡台《きょうだい》に自分の顔が映る。

肩をすべり、ゆるく落ちるまっすぐな黒髪。長い睫毛《まつげ》に縁取《ふちど》られたやや吊り気味の大きな目。何も塗らなくてさえ紅《あか》い唇。

傾城《けいせい》となるために磨《みが》かれてきた、惚《ほ》れ惚《ぼ》れするような美貌《びぼう》だった。

椿は、自分を水揚《みずあ》げする男を待っていた。

——十八になれば客を取らなきゃならないのは、わかりきってたことじゃないか。いざその日が来るからって、どうってことないね

ほんの一足先に水揚げを終えた同朋《どうほう》に投げつけた自分の科白《せりふ》を、椿は反芻《はんすう》する。

——怖くないの？

――全然

答えた気持ちに嘘などなかったし、少しも怯《ひる》んでいないつもりだった。むしろこれからは、意地悪な傾城の下で窮屈《きゅうくつ》な思いをすることもなく、いくらでも自分で稼《かせ》いで、のぼりつめることができる。そして、

――お職《しょく》になれ

そう言って椿を売ったあの男を、見返してやりたかった。

お職とは、見世で一番の傾城のことを指《さ》す。そのために椿は美貌を磨いてきたし、これからだってなんでもするつもりだった。

（お職を張れるほどの売れっ妓《こ》の傾城になって、稼いで、そして母さんのことも）

いつか一緒に暮らしたかった。

けれど、怖くなどないはずなのに、小さな震えが止まらない。

（……痛いかも）

それに乱暴に扱われるかもしれない。

水揚げなんて平気なのに、そんなことばかり考えてしまうのは、きっと相手の男が極道《ごくどう》だと聞かされたせいだ。

やくざは大嫌いだった。憎んでいると言ってもよかった。

そもそもろくでなしだった椿の父親が、盃《さかずき》さえもらえないほど末端《まったん》の、組織のちんぴら

だった。そしてその父親が苦しまぎれに椿を売った相手もまた、やくざだったのだ。

それなのに、運命というのは皮肉なものだと思う。

やくざだけは嫌だといくら言っても、楼主《ろうす》は聞き入れてはくれなかった。いくら色子《いろこ》としての将来を嘱望《しょくぼう》されてはいても、水揚げの相手を選ぶ権利など椿にはなかった。

椿の水揚げは大勢の男たちが争い、もっとも大金を積んだ男の手に落ちた。

その男について、椿が知っていることは、御門春仁《みかどはるひと》という名前と、三十二歳という年齢。

そして知る人ぞ知る実業家だということ。

けれどそれは表向きの顔に過ぎない。実態は、広域暴力団御門組の組長だ。

(どんな男だろう)

突き出しにも男は顔を見せなかった。

どんな男でも同じようなものだと椿は思おうとする。

極道だろうとなんだろうと、男であることにかわりはない。男には、せいぜい金持ちか、そうでないかという違いしかない。

(禿《かむろ》のころから、ずっと見てきたことじゃないか)

男を手玉にとるのなんて、たぶん簡単なことなのだ。

それは初めての男だって同じことのはずだった。

御門が、水揚げ料を小銭のように出してしまえる財力の持ち主だということだけは間違いない。だったら、搾《しぼ》り取らせてもらうまでのことだ。

ぎし、と廊下《ろうか》の微《かす》かな軋《きし》みが聞こえた。

見世に零《こぼ》れるたくさんの響きの中から、それがこの部屋を目指《めざ》したものであると何故だかわかった。

覚悟は決めているつもりでも、心臓が大きく音を立てた。

足音はやがて部屋の前で止まり、襖《ふすま》が開く。

椿は頭をあげた。

そしてその瞬間、視界に飛び込んできた男の顔に瞠目《どうもく》した。たしかに見覚えのある顔だったからだ。

「あ……んた……」

よりにもよってこの男が「御門」だったなんて。

男はゆっくりと椿の部屋の中に踏み込んでくる。

自《みず》ら封じ込めていたはずのあのころの記憶が、椿の瞼《まぶた》に鮮《あざ》やかに蘇《よみがえ》ってきた。

【1】

廓《くるわ》に売られてくるまで、椿は川沿いの、下町とも呼べないような汚い町の襤褸《ぼろ》い借家《しゃくや》で両親とともに暮らしていた。

父親はやくざと言ってもどうしようもない下《した》っ端《ぱ》のちんぴらで、麻薬常習者だった。最初は売人だったのだが、そのうちに自分でも手を出し、借金を重ねるようになったのだ。母親は薬代のためにソープで働かされていたけれども、その稼ぎでは追いつかず、一家はいつも洗うがごとき赤貧《せきひん》だった。

そんな暮らしの中で、人生は金だというのが母親の口癖《くちぐせ》だった。

――母さんは、父さんみたいな男に引っかかったおかげで、何もかも台なしにされたけどね。まったく、やくざなんて優しいのは女を口説くときだけさ

貧乏と荒れた生活のために、椿が物心ついたころには既《すで》にずいぶん崩れてはいたが、母親は昔は高級クラブでナンバーワンを張ったほどの美貌だったのだという。

――たった一晩に百万積んだ男だって、何人もいたんだから……！

機嫌のいいとき、彼女は小学生の息子に向かってそう自慢した。

一枚だけ残っていた写真の中では、たしかに母の面影を残す艶《つや》めいた美女が、媚《こ》びを含んだ笑みを浮かべていた。どことなく品のない雰囲気ではあるものの、彼女はたしかに美しかった。そして店がどんなに煌《きら》びやかで高級品に満ちていたか、店に来る男たちがどんなに立派で金持ちだったたか。

——ああ、おまえが女の子だったらねえ……！　きっと私そっくりの凄《すご》い美人になっただろうに。そうしたら玉の輿《こし》に乗って、こんな暮らしから抜け出すのなんて簡単だったのに……！

男の子だからせめて勉強するしか仕方がない、とあまり成績のよくない椿のために、密《ひそ》かに学費を貯《た》めてくれながら、彼女はよくそう言ったものだった。

美しい女なら、人生には一発逆転がある。

それは母の持論《じろん》だった。美しければその美貌を武器に、いくらでも稼ぐことができる。運が良ければ、玉の輿に乗ることだってできる。

実際、彼女の勤めていた店の同僚には、議員に囲われて店を持たせてもらったり、医者や弁護士の正妻《せいさい》などになった娘も多かったらしい。

けれど母親は、兄貴分に連れられて店に来ていた父親と、恋に落ちてしまった。

子供——つまり椿ができ、店を辞めて所帯《しょたい》を持ったものの、男はすぐにろくでなしの正体を現した。麻薬常習者で、博打《ばくち》が好きで酒が好きで。母親自身も浪費家だったこともあり、あっというまに家計は火の車になった。

クラブより手っ取り早く稼げるからとソープに売られ、最初は暴力、のちには父親の手で薬を打たれて、彼女は逃げるに逃げられなくなった。

女の子だったらと言われるたび男に生まれた罪悪感を覚えながら、椿は何度も母親と約束したものだった。

——いつか俺が母さんに楽をさせてあげる。たくさんお金を稼いで、母さんが勤めてたクラブみたいなきんきらきんの御殿《ごてん》に、きっと住まわせてあげるから！

——ありがとう。嬉しいわ
そう言ってにっこりと笑ってくれた笑顔には、昔男たちを惑《まど》わせた魅力の片鱗《へんりん》が見え、切《せつ》なかった。

麻薬に侵《おか》された母親は、だんだんと理性を失ってあらぬことを口走ったり、ときには町をふらふらと彷徨《さまよ》ったりさえするようになっていった。椿一人で彼女を守ることは、不可能になりつつあった。

けれどそんな状態でも、家族三人の生活は、なんとか細々とまわってはいたのだ。

あの日が来るまでは。

いきなり破綻《はたん》を迎えたのは、椿が十二歳になったばかりのある日のことだった。

派手なスーツを着たやくざ者たちが家のドアを蹴破《けやぶ》り、土足で踏み込んできたのだった。

男たちは母親を捕まえ、顔を覗《のぞ》き込んだ。

「こいつが女房か。昔クラブのナンバーワンだったって、見る影もねーな」

「ソープに売っていくらになるかね。全然足りねーんじゃねーか？」

「いっそ内臓でも売るか？」

そんなことを言いあって、男たちは笑った。

「立ちな」

そして母親の腕を掴《つか》み、外へ連れていこうとする。

「母さん……!!」

椿は思わず叫んだ。引き留《と》めようと、彼らにむしゃぶりついていった。

「母さん……!!　母さんを返せ！　母さ……っ」

「こら、おとなしくしろ……!!」

男の一人が椿を引きはがし、頬《ほお》を殴りつけてきた。椿は床へ倒れ込む。それでも必死で顔をあげた。

「か……母さんをどこへ連れていく気だよっ!?」

今まで椿には目もくれなかった一人が、にやりと笑って答える。

「売り飛ばすんだよ」

「売り飛ばす……⁉」

椿は目の前がさっと暗くなったような気がした。

「てめぇの親父がな、組のヤクを横流ししやがったんだよ」

その科白で、椿にもことの重大さの察しはついた。

父親は恐《おそ》らく薬を買う金に困って、組のものを横領《おうりょう》したのだ。しかも自分で使うばかりでなく、後先《あとさき》考えずに売りさばき、それが発覚してしまったのだ。

「本来ならてめぇの命で償《つぐな》ってもらうところ、使い込んだ金のかわりに、女房子供を好きにしていいと来やがった。おまえも最低の親父を持って可哀想《かわいそう》にな」

椿は言葉を失った。

ろくな父親ではないと思ってはいたが、母親を売り飛ばそうとするなんて信じられなかった。一度は愛しあって結婚したはずの仲なのに、どうしてこんなことができるのか。

「この子はどうします？　打遣《うっちゃ》っときますか。それともバラして海外に内臓でも売りますかね」

男の一人が言った。

「あん……？」

別の一人が椿の顔を覗き込む。

「馬鹿。可愛いじゃねーか。勿体《もったい》ねーこと言うんじゃねーよ。ちょっとガキだが、こっちのほうがむしろ売れんじゃねーか？」

「よく見てくださいよ。男の子ですよ」

「ああ？」

男がまじまじと椿の顔を見つめる。

「なんだ、男か。でも男でも、けっこう使えるかもしれねーぜ。世の中には小さい男の子が好きってやつだってけっこういるじゃねーか。内臓売るのは、散々《さんざん》客をとらせて使い物にならなくなってからだって遅くねーだろうが」

その言葉に、男たちは一斉《いっせい》に笑った。

椿は震えあがった。客を取らされたうえ、身体をばらばらにされて内臓を売られる？

そんなのは冗談じゃなかった。母親を連れて、ここから逃げなければと思った。

椿は起きあがり、玄関を飛び出した。

目の前の路地に、大きな黒塗《くろぬ》りの車が止まったのは、ちょうどそのときだった。

運転手が恭《うやうや》しく後部座席のドアを開けると、中から黒いスーツの男が降りてくる。

椿は咄嗟《とっさ》にその男の後ろに逃げ込んだ。彼の陰《かげ》に隠れ、上着の裾《すそ》をぎゅっと掴む。

「兄貴！」

「本部長……！」

だが次の瞬間、椿を追ってきた男たちのその呼びかけにはっとした。椿はそろそろと黒いスーツの男を見上げた。

本部長と呼ばれたその男は、上背《うわぜい》のある堂々とした体躯《たいく》をして、黒いサングラスをかけていた。まだ若いようだったが、どこか気圧《けお》されるような迫力があり、一目見ただけで堅気《かたぎ》ではないとわかる。

椿がつい助けを求めてしまったこの男もまた、やくざたちの仲間だったのだ。

椿がきつく眉を寄せた。泣きたいような気持ちになりながら、再び逃げ出そうときびすを返す。けれど、あっというまにまた捕まって、地面に押さえつけられてしまった。

「太ぇガキだな、この……!」

「あんまり乱暴するんじゃねぇよ」

殴ろうとする男を、最後に現れた男が止めた。

「で、このガキをどうするって?」

「ヤクの穴埋めに客でも取らせようかと……」

「ふーん?」

あまり関心もなさそうに、彼は胸の隠しから出した煙草《たばこ》を咥《くわ》えた。周りの一人が慌《あわ》てて火を点《つ》ける。

本部長というのもやくざの役職の一つであり、現れた男は彼らの兄貴分にあたる存在のようだった。つまりこの男が彼らに今日のことを指示したのだろう。今まで一番幅をきかせていた男でさえ、諂《へつら》うような表情を見せていた。

「恭和《やすかず》はどうした？　あいつ携帯に出やがらねえ」

「それが、今日はまだ……」

「どっかしけ込んでやがんな」

しょうのねえ、と舌打ちしながら、本部長と呼ばれた男が顎《あご》で合図すると、椿を押さえつけていた腕が緩《ゆる》む。椿は地面に両手を突いて、ようやく上体を起こした。

「本部長」は椿の前に屈《かが》み、サングラスを外した。

椿は思わず一瞬息を飲んだ。その男はやくざにしておくのがもったいないような端整《たんせい》な顔をしていたからだ。

彼は椿の顎《あご》をもちあげ、覗き込んできた。

「なーるほど。なかなか可愛らしい顔してんじゃねえか。これならけっこういい値で売れるかもしれねえな」

「だったら金持ちに売ってくれよっ……!!」

その瞬間、椿は必死で叫んでいた。

「ああ？」

「散々客とらされてボロボロにされて、あげくに内臓まで売り飛ばされるなんて真《ま》っ平《ぴら》なんだよ!!」

「きさま、兄貴に向かって……!!」

「てめえにそんなこと言う権利があるとでも思ってんのか!! このガキが……!!」

男たちが口々に割り込んでくる。

やくざたちは恐ろしかったが、必死だった。自棄《やけ》になっているとも言えた。売られるなんて冗談じゃない。けれどどうせどこにも逃げることができないのだったら。

水商売でも、その実態はぴんきりだ。母親は何度も、昔クラブでナンバーワンだったころの話をしていた。同じ身を売るのでも、金持ちに一晩百万で望まれるのと、場末のソープに叩き売られるのとでは違う。全然違う。

「……そしてもし俺が売れたら……っ」

椿は一生懸命本部長と呼ばれる男に頼み込んだ。

「母さんは……母さんだけは見逃してくれよっ!!」

「へーえ。面白いこと言うじゃねーの。それだけの価値が、自分にあると思ってんの？」

……たしかに美人になりそうだが、娼婦の価値はそれだけじゃないんだぜ」

明らかに面白がっているのがわかる。椿は男を睨《にら》みつけた。

「なんなら、あんたが試してみれば？」

「子供のくせに、ませたことを言う」

はっ、と男は笑った。

「やめとこう。俺にはガキとやる趣味はねーよ」

笑うとわずかに目尻が下がり、子供っぽい表情になる。一瞬、可愛いとさえ思い、ふいに椿は、男の左薬指に銀色の指輪が光っているのに気づいた。妻のいる男なのだ。

「だが、いい目だ。この姿と気性《きしょう》なら、お職にだってなれるかもな」

「お職……？」

「見世で一番の売れっ妓のことだよ」

それは母親がよく話していた、クラブのナンバーワンのようなものだろうか。首を傾《かし》げる椿に、男は聞いてきた。

「花降楼《はなふりろう》って知ってるか」

椿は首を振る。

「吉原の男専門の遊廓だよ。男が身売りする店としちゃあ天辺《てっぺん》だろうぜ。――そこへおまえを売ってやる。――ただし」

と、男は言った。

「どうせ行くならお職になれ」

椿は瞳を見開いて男を見上げた。男はわずかに目を細める。

「どうだ？」

「なる……っ」

椿は叫んだ。どうせ売られていくしかないのだったら。

ばらばらにされて内臓を売られるのも嫌だし、母親を助けられるくらい高く買ってくれるところに売ってもらいたかった。

「お職にでも何でもなってやるっ……！」

「兄貴……！」

とりまくちんぴらの一人が咎《とが》めるのを、男は制する。

「いい子がいたらって、前から頼まれてんだよ」

「でも……」

「話は俺から通しておく」

そして男は椿に言った。

「いい妓に育ったら抱いてやるよ。楽しみにしてるぜ」

「なっ……そんなの」

願い下げだと言い返す言葉も聞かず、椿の頭を撫《な》でて立ち上がる。

「手配してやれ」

手下たちに命じると、男はあっさりときびすを返した。そしてもう二度と、椿のほうを振り向くことはなかった。

椿は膝を突いたまま、その後ろ姿をただ見送っていた。

【2】

それから六年。

(この男が御門春仁)

六年前とは、どことなく雰囲気が変わった気がした。前はもっと――そう、やくざにしては陽気な感じがしただろうか。今はどこか暗く乾いて見えた。

けれど、あの男であることは、間違いなかった。

場末《ばすえ》に売られてぼろぼろにされ、内臓まで奪われるはずだったところを救われた面もあるとはいえ、この男が椿を苦界に堕《お》とした張本人なのだ。手を下《くだ》したのが彼でないにしても、舎弟《しゃてい》たちに命じたのなら同じことだった。

あのときは名前も聞かず、二度と会うこともないと思っていた男だった。

いい妓に育ったら――とは言われたものの、勿論本気にしてなどいなかった。

そんな男が、水揚げの相手として目の前に姿を現したのだ。

椿は反射的に立ちあがっていた。

「なんであんたが……」

「どうしたんです」

御門を案内してきた遣《や》り手の鷹村《たかむら》が、鋭《するど》い声で問いかけてくる。

「だって……っこの男が相手だなんて」

知らなかった。

「前もってお相手が御門様だということは伝えておいたはずですが？」

「だから……」

一言《ひとこと》では説明しにくくて、椿はもどかしく言葉を探す。ちらりと御門を見れば、彼は屏《びょう》風《ぶ》を背に立ち、面白い劇でも見るような目で成り行きを眺めているばかりだ。

どうして御門は何も言わないのかと思う。

（もしかして、俺を覚えてない……!?）

そう思い至って、椿は愕然《がくぜん》とした。

椿にとっては一生忘れられない運命の分かれ目でも、やくざであるこの男にとっては、よくある日常の出来事に過ぎなかったのだ。

それは当たり前のことなのかもしれないが、沸々《ふつふつ》と腹が立ってたまらなかった。椿のほうは、その声さえたしかに聞き覚えているのに。

「お座りなさい」

「……っ」

（冗談じゃない）

偶然、この仇《あだ》とも言える男に水揚げされるなんて、冗談ではなかった。

椿は後先を考えず、席を蹴って憤然《ふんぜん》と部屋を飛び出そうとした。

「──どこへ？」

御門を案内してきた遣り手の鷹村が、それを静かに、けれど鋭く制す。

「……だって……っ」

よりにもよってこの男が相手だなんて。

「水揚げが怖くなったのか？」

そのときふいに、彼の声が降ってきた。椿は思わず顔をあげた。

「だっ……」

誰が、という科白を、椿は飲み込んだ。客に向かってそんな言葉遣《づか》いをしたら、遣り手に叱《しか》られるに決まっていた。

そしてそれ以上に、御門の冷笑的な表情に怯んだからだった。

六年前に見た笑顔は、もっと茶目っ気のある陽気なものではなかったか。

（──気のせいだって）

椿ははっと自分の思いを振り払った。だいたい、そんなものを覚えるほど長時間顔をあわせていたわけではないのだ。せいぜい五分かその程度だった。

かわりに、椿は男を睨《ね》めつけた。

水揚げを怖がっていると思われるのは、心外だった。怖くなんかない。この男に抱かれるのが嫌なだけなのだ。

「――いいえ」

短く言い放ち、椿はふたたび畳に座り直した。

それを見て、御門はくっと笑った。

(あ……さっきの顔とちょっと違う?)

というより、先刻の感覚のほうが間違っていたのだろうか。

(……そんなの、どっちでもいいんだけど)

その笑みがまるで自分を小馬鹿にしているような気もして、ますます椿の神経は逆撫《さかな》でされる。けれど相手はそんな椿の思いなど歯牙《しが》にもかけたようすもなく、向かいに腰を下ろしてきた。

鷹村の手で、初夜《しょや》の盃ごとが行われた。

自分を売り飛ばした男と、まるで夫婦のような真似をしなければならない運命を呪《のろ》いながら、怖がっていると思われるのが嫌さに、椿はずっと御門を睨みつけていた。

たしかに、やくざにしておくのがもったいないような、水際《みずぎわ》立ったいい男ではあった。

あのころより歳をとり、おそらく出世もしたのだろう。いっそう渋みと男の色気が増している気がした。身に纏《まと》うスーツも時計も派手な外国のブランド物だが、その華《はな》やかさにも負けない男の容姿だった。

そしてかわらず指輪が左薬指に光っている。

「こんなこと、するんだな」

御門が盃の酒をゆっくりとまわしながら言った。

「やくざの固めの盃みてえじゃね？」

（一緒にしないで欲しい）

胸の中で思いながら、椿はやはり睨み続ける。御門は苦笑し、酒を飲み干した。椿もまた対抗するかのように盃を呷《あお》る。

儀式が終わり、鷹村が出て行くと、部屋には二人だけが残された。

水揚げの夜のことは何度も考えてきたが、御門に再会したことで、何もかも頭から吹っ飛んでしまっていた。

膝の上で拳《こぶし》を握りしめて固まっている椿に、御門はふいに言った。

「綺麗《きれい》になったじゃねーの」

「え……」

椿は目を見開いた。それは明らかに、昔の椿を知っていなければ出てこない科白だったからだ。

できすぎた偶然などではなかった。御門は本当は椿のことを覚えていて、わざわざ水揚げを買って出たのだ。

「覚えてたんだ……」

ふと胸に浮き立つような高揚感《こうよう》が生まれた気がして、椿は慌てて打ち消した。こんなことは、嬉しがるようなことではないはずだった。

「まあな」

「何も言わないから、忘れてしまっていると思いました」

「おまえがなんて言うか、ちょっと面白かったからな」

「なっ――」

椿が抗議の声をあげようとすると、御門は笑った。

むっとして、椿は顔を背《そむ》ける。

「……でも……だからってどうして俺のこと、水揚げしようなんて」

――いい妓に育ったら抱いてやるよ。楽しみにしてるぜ
六年前の御門の言葉を、椿は思い出す。

まさか御門はあの言葉を覚えていて、果たしに来たのだろうか。

そう思うと、また小さく胸が音を立てた。

「よっぽど縁《えん》があるんだろうな」

だが、御門はそう言った。

「去年の暮れに、偶然写真を見たんだよ。組の若いのがたまたま持ってたんだ」

「写真……」

他の見世でもそうだが、花降楼でも色子たちの写真を、昔でいう道中絵葉書のように売りに出していた。新造《しんぞう》になれば紹介的な意味を込めて撮られるようになるのだが、椿のものも飛ぶように売れているらしい。この男が見たのはそれだと思われた。

やはり六年間ずっと気にしていたわけではないのだと知り、失望したような、変な気持ちを椿は味わう。

「綺麗に育ってて驚いた。これがあのときのあの子かってな。だから味見してみたくなったんだ」

「悪趣味な……っ」

椿は大きな声を出していた。自分が売り飛ばした妓の味見をしようとするなんて、悪趣味きわまりないと思う。

しかも御門は、椿の突き出しの費用もすべて持ってくれているのだ。それには目の玉が飛び出るほどの大金がかかったはずだった。昔売った妓の味見をするためだけに支払うとは、いったいどんな道楽かと思う。

「さほどでもない」

と、けれど御門は言うのだ。

「俺にとってははした金だ」

「はした金!?」

自分の水揚げ料をそんなふうに軽く言われて椿はむっとするが、御門は動じる気配もなかった。

「よく写真は修正が入ってるっていうから、がっかりする覚悟はできてたが……余計な心配だったな。むしろ実物のほうが綺麗じゃねえか」

笑って頤(おとがい)に手を伸ばしてくる。椿は思わずそれを振り払った。

「やっ、ふざけ……っ」

「活(い)きがいいねえ。——玩具(おもちゃ)としちゃあ上出来だ」

御門は目を細める。

そして素早く椿の両手首を摑んで封じたかと思うと、唇を塞(ふさ)いできた。

「——っ!!」

椿は男を押しのけようとした。けれど圧倒的な体格差と力の差の前に、どうすることもできなかった。

硬く閉ざした唇を舐(な)められ、息苦しさと——くすぐったさのようなものに負けてついわずかに開けば、舌が侵入してくる。

「ん、やぅ……っ」

逃げようとしても逃がしてもらえず、深く搦《から》めとられる。いっそ噛んでやろうとしたが、頬を指で押さえられ、できなかった。一見どれほど優しげに振《ふ》る舞《ま》っていても、やくざはやくざなのだ。こんなふうに奪うことに慣れているのだと思う。

「んっ……」

突然、ぞくりとした感触が椿の背筋を駆け昇った。

それがなんなのかわからないまま、椿は本能的な恐怖に突き動かされ、渾身《こんしん》の力で御門を突き飛ばしていた。

結果的にふいを突くことで、わずかに男の腕が緩む。

椿は座卓をひっくり返し、手近にあった座布団を投げつけて逃げようとした。御門はそれを難《なん》なくかわす。椿は更に花瓶《かびん》を投げようとしたが、その手首を一瞬早く掴まれ、取りあげられてしまった。

「ガキだな」

「……ぅ……ッ」

「見た目ばっかり綺麗になっても」

ぎりぎりと力を込められ、椿は呻《うめ》く。

「怖いのか」

椿はぶるぶると首を振り、否定した。怖いなんて絶対に認めたくなかった。特にこの男の前ではどうしても。

「じゃあ何故逃げる？」

「あ……あんただけは嫌だからだよ……！」

「へえ……？」

御門は薄く笑った。

「俺を恨《うら》んでるのか？」

「当たり前だろ……っ！　あんたのせいで俺は」

「恨むんなら、おまえの親父を恨むべきじゃないのか？」

「……そうだけど……っ」

父親のことも恨んでいないわけがなかった。すべての元凶《げんきょう》であることもわかっていた。けれどだからと言って、御門やその舎弟たちに対して恨みを抱《いだ》かずにいられるわけではないのだ。

「だが生憎《あいにく》だったな。俺はおまえを気に入ったんだ。だから抱くし、おまえは逃げることはできない」

御門の言うとおりだった。

たとえ彼を振り切ってこの場から逃げ出したとしても、大門《おおもん》を越えることができるわけではない。必ず捕まるし、そうなれば手酷《てひど》い折檻《せっかん》を受けることになるだろう。それに、もし万一外の世界に出られたとしても、椿にはどこにも行くところなどないのだ。

そしてこののち御門が通《かよ》ってくれれば、それもまた椿には拒《こば》むことなどできない。

大見世では、傾城は気に入らない客を振ることができることになってはいるが、それにはやはり「売れっ妓であれば」という条件がつくのだ。将来を期待されているとはいえ、突き出しを済ませたばかりの身分では、上客を振ることなどゆるされない。ましてやこれからの、馴染《なじ》み客を一人でも増やしていかなければならない時期であればなおさらだった。

足許《あしもと》を見られ、椿は御門を睨みつけた。

けれど御門はやはりどこか面白がるような表情をしている。

「俺を恨んで逃げるより、娼妓《しょうぎ》には娼妓の復讐《ふくしゅう》があるだろう？」

「娼妓の復讐……？」

思いもかけなかったことを言われ、椿は眉を寄せる。

「搾《しぼ》り取るのさ。それこそ傾城——城が傾くくらいに」

椿は思わず口を開けて彼を見つめてしまった。

客が自分から、自分をカモにしろと言うなんて。しかも椿は、御門のことを憎んでいるとはっきり口にしたのに。

「嫌いなら嫌いなほど搾りがいがあるだろう。そしてそれを糧《かて》にのぼりつめるくらい、したたかになってみせろよ。——お職になるんだろう？」

そう言われ、椿ははっとした。

思いもかけず御門と再会してしまったために、動転して頭から飛んでいたけれども。

色子となったからにはお職を張るまで行きたかった。そうでなくて何が「傾城」だろう。

底辺を這《は》いずる気などさらさらなかった。

「お職になれると思って売ったんだ、俺を失望させるなよ」

「い……言われなくても……！」

御門は目を細めた。

「俺はそういう活きのいい妓が好きだ。俺が飽《あ》きるか、俺の身代《しんだい》が傾くか、おまえが俺に惚《ほ》れるか……楽しみだな」

「勝手なこと……っ」

「俺に惚れそう？」

「誰がだよ……!!」

ありえない、と椿が声を荒げるのを見ると、御門はますます機嫌をよくするようだった。

「今は玩具でも……俺を惚れさせるくらいになれ」

彼は椿の瞳を覗き込み、そう言った。

再び唇を塞いでくる。

「んっ……」

椿は思わず身を竦《すく》めた。

先刻と同様、深く侵入してくる舌は、椿の舌の表面をそっと撫で、歯列《しれつ》をくすぐる。頭の芯《しん》が痺《しび》れたようになって思考を奪われる。

こんなふうに自分を失うのは、嫌なのに。

「……自分で脱ぐか？」

ようやく椿を解放すると、御門は囁いてきた。

「俺が脱がせてやってもいいが」

嬲《なぶ》るような言葉に、椿ははっと正気に返った。

「自分で脱げます……！」

御門を睨みつけ、立ち上がる。そして勢いよく仕掛けを脱ぎ落とした。

それは椿が、本当の意味で娼妓としての覚悟を決めた一瞬だったのかもしれない。

「俺だってあのときの子供のままじゃありません」

廓の中で六年も暮らしてきたのだ。身体は初めてでも、もう抱かれることに動揺したりしない。

「楽しみだな」

と、御門は笑った。

帯《おび》を解き、その下に纏《まと》っていた着物を脱いで緋襦袢《ひじゅばん》一枚になる。その途端《とたん》、脚を抱き寄せられた。

椿は思わず崩れ、胡座《あぐら》をかいた御門の前に膝立ちになる。

「震えてるな」

「……震えてなんか……！」

御門は喉《のど》で笑った。椿の脚を片手で摑んだまま、もう片方の手で裾《すそ》を割ってくる。

「何を……」

されるのかと思う暇《ひま》もなく、顔を埋《うず》められた。

「あッ……」

直接舌でふれられ、椿は声を漏《も》らし、仰《の》け反《ぞ》った。

抱かれるのが避けられないなら、せめて感じないようにしたかった。でも咥《くわ》えられてしまえば、ひとたまりもなかった。

「はぁぁ……っん」

「どこが悦《い》いのか、ちゃんと覚えろよ」

「そんなこと……っ」

自分がするときのために――という意味だろうか。半分咥えたままそう言われ、飴《あめ》をしゃぶるように舐めまわされて、すぐに下腹が蕩《とろ》けそうになる。

「あぁぁ……あぁぁ……あぁ……っ――」

身体の奥から押し出されるような声が漏れた。勝手に腰が揺れて止まらなくなる。

思わず御門の髪を摑むと、固めてあった髪が乱れて額へ落ちる。

「あ……」

御門は片方の手で椿の太腿《ふともも》を支え、もう片方の手は緋襦袢の中をたどり、尻へと伸ばしてきた。備えつけの潤滑剤《じゅんかつざい》をいつのまに絡《から》めたのか、冷たくぬめる指が入り口を掠《かす》め、椿は息を詰めた。

「……っ……」

ゆっくりと何度も狭間《はざま》をたどる。異様な感触に、ぞくぞくと悪寒《おかん》のようなものが背筋を這い昇る。

「ここで感じるのか。……素質があるじゃないか」

「……ぁ……感じてなんか……っ」

椿は否定した。色子として嬉しがらせの一つも言うべきなのかもしれなかったが、それどころではなかった。

「……うっ……」

その指先が、つ、と潜《もぐ》り込んできた。

「……あ……！」

「痛いか」

痛み――というより、初めて覚える異物感に泣きたくなっていた。けれど感じるのも嫌だが、痛いと認めるのも嫌だった。

「気持ち悪……」

「すぐ悦《よ》くなる」

御門は前をしゃぶりながら、ゆっくりと抜き差ししはじめた。潤滑剤のせいで抵抗は少なかった。

椿のからだが馴染んでくると、少しずつその動きにリズムがつきはじめる。数度浅く、一度深く。――深くしたのを抜くときに、指が一点を掠った。

「あぁっ……」

明らかな嬌声《きょうせい》を漏らしてしまう。

「悦いだろう？」

問いかけられ、椿は左右にぶるぶると首を振ったけれども、御門は容赦《ようしゃ》なく指を増やし、

深く穿《うが》ってきた。

「や、あっ……あぁぁっ……」

いっそうひどくなる圧迫感と奥まで侵されることに、椿は戸惑《とまど》わずにはいられなかった。

「締《し》めてみろ」

「……？」

意味がとれず、無意識に問いかける視線を男に向ける。

「いちいち自分も達《い》ってたら身がもたないだろう？　先に客を往《い》かすんだよ。……蛤《はまぐり》になったつもりで、ここに力を入れてな」

同じようなことは、見世で習ってきたことではあった。この男はそれを、身体を使って覚えさせようとしているのだ。

「そんなの……っ」

ちゃんとできるつもりでいた。けれど知識と実際とは、まるで違っていたのだ。指を抜き差しされると身体中がざわざわして、ただせわしなく喘《あえ》ぐことしかできなかった。

今にも膝が落ちそうになるのを堪《こら》えるだけで、椿は必死だった。

「締めろ」

「あ……はぁっ……」

半ば朦朧《もうろう》としながら、引き絞《しぼ》る。それにあわせるように指が抜けていく。狭くなった筒《つつ》の内側を擦《こす》られる強烈な感触に、また淫《みだ》らな喘ぎが零れた。そして緩めれば中へ深く入り込んでくる。

「あぁぁぁ……っ、あぁ……っ……ふ、っ……」

「なかなか上手じゃないか」

椿は伏せた首を何度も振った。

「もう……もう、……っぁ」

茎《くき》を舐めまわされながら、気が遠くなるほど何度もぐちゅぐちゅと抜き差しを繰り返さ
れ、どうにかなってしまいそうだった。腰が熱くて、このままでは蕩けてしまう。きっと。

「いかせて、って言ってみな？」

「え……？　あ……ッ」

ぼやけた頭で徐々《じょじょ》に意味を理解し、椿は反射的に首を振った。御門は喉で笑った。

「しようがねーな。……まあ、いいか」

「え……？」

彼は囁くと、椿を深く含んだ。そして吸い上げるのと同時に、奥を突いてきた。

「あぁぁぁ……ッ……ぅ……」

あられもなくはしたない声をあげて、椿はあっけないほど簡単に達かされていた。

そのまま膝ががくりと落ちる。腰砕けに倒れそうになったところを、御門の腕に受け止

められた。しっかりした感触に、椿はつい安心したような吐息《といき》をついてしまう。

そのまま押し倒されれば、留《と》めていた簪《かんざし》がとれて、紅い褥に黒髪が流れた。

ぼんやりと瞼を開けると、御門がシャツを脱ぎ捨てるのが映った。その背中には、鮮やかな彫《ほ》りものがある。

「……龍《りゅう》……？」

「ああ……。若いときにな」

若気《わかげ》の至《いた》りで彫ったのだと男は言う。相手は極道なのだと思い知る一瞬だった。父親もやくざだったとはいえ、本物の刺青《いれずみ》を見るのはこれが初めてのことだった。

（綺麗）

ついそう口にしてしまいそうになり、椿は唇を噛んだ。少しでも誉め言葉になるようなことは言いたくなかった。

「――怖いか？」

「怖くなんか……っ」

綺麗だと思ったことは、おくびにも出さずに。

「そのわりには震えてるな」

と、御門は笑った。

ズボンのジッパーを引き下ろし、自らを取り出す。潤《うる》んだ視界に映ったモノに、椿は身を竦ませた。刺青には怯《おび》えなくても、御門のそれには本能的な恐怖を感じた。

「や……」

覆《おお》い被《かぶ》さってくる男の胸に、半ば無意識に手を突く。これからが本番だということは、わかってはいたけれども。

「どうした？」

「そ……そんなの、挿れたら……っ」

「どうにもなりゃしねーよ。気持ちいいだけだ」

男はくくっと喉で笑った。

「あ……やっ」

熱い楔《くさび》が押し当てられる。時間をかけて綻《ほころ》びさせられた蕾《つぼみ》は、椿の意志とは裏腹に、ずるりと先端部分を受け入れてしまう。きつい痛みと同時に来る、ぞくりとするような甘い感覚。——自分の身体が信じられなかった。

「や……あぁ……っ」

どうしたらいいかわからなくて、椿は御門の背中に縋《すが》りついた。

「息吐いて……ゆっくり呼吸してみな」

「……っ……ぅ」

少しずつ抜き差しを繰り返しながら挿入《はい》ってくる。椿は辛《つら》さをまぎらわそうと、一生懸命言われたとおりにしようとした。

「そう……いいこだ」

耳許で囁かれた甘い声に、ぞくんと背が震えた。下腹が疼《うず》いて、ますます強く縋らずにはいられなかった。

「や、あ、入っ……て……っ」

「挿れてるからな」

椿の身体を一杯にひろげて、御門のものが中を浸食《しんしょく》してくる。

椿はぎゅっと男の肩を摑んでいた。たっぷり慣らされたとはいえ、かなり辛かった。圧迫感もひどくて泣きそうだった。

「あ……まだ……？」

どこまでも深く入ってくるかのような熱い楔に、つい頼りない科白が口を突く。

「まだ……もっと」

「や……だっ、こんな、……深……っ」

先刻ちらりと見た御門のものが脳裏《のうり》を過《よ》ぎった。「初めて」からあんなのを挿れられるなんて、無茶じゃないかと思う。

「入るわけ、な……っ」

「みんなこんなもんだって」

と、御門は笑うけれども。

「な。——痛いだけじゃないだろう」

「っ……や、あ……っ——」

答えるかわりに、椿は彼の背中を叩き、思いきり爪を立てた。刺青なんて滅茶滅茶《めちゃめちゃ》になってしまえばいいと思う。

何故だかぼろぼろ涙が零れてきて、止まらなくなった。椿は何度もしゃくりあげた。潤んだ視界の中で、男が眉を寄せる。

「——一度、抜くか？」

今まで少しも容赦のなかった男が、何故そんなことを言い出すのかわからなかった。抜いてもらえたら、どんなにいいかと思うけれども。

でもそんなことをしたら、椿の負けになるような気がした。それだけは、どうしても嫌だった。

椿は首を振った。

男は小さく笑い、椿の髪をそっとかきあげる。そして身体から一瞬強《こわ》ばりが解けた瞬間、一際《ひときわ》強く突き上げてきた。

「あ……あぁぁ——っ……」

強すぎる刺激に、椿は背を撓《しな》らせた。

壊れたようにますます涙が溢《あふ》れてきた。男が上で小さく息を詰めた。

「……っ……ほら、全部入った」

「やぁ……っん……っ」

身体の中がひどく熱かった。隙間《すきま》がぴったりと埋められている感じがした。

「大丈夫だろう？」

「……っ……ぅ……っ」

「ゆっくり動くから、さっきのやつ、やってみな」

と、御門は囁いてくる。

「さっき、の……？」

「締めるんだよ」

何かとても恥ずかしいことを言われたような気持ちになりながら、もう深く考えることもできなかった。言われるまま男の動きにあわせて食い締めるのを繰り返す。

「上手だな。すぐにもってかれそうだ」

男が耳許で笑う。

「や……っあぁ、あぁ、あ……っ」

男を歓《よろこ》ばせるためにしているはずのことなのに、どうしても声が抑《おさ》えられなかった。先刻達かされたばかりの自身がまた硬くなり、互いの腹に擦られてどろどろに雫《しずく》を零していた。恨んでいるはずの男に抱かれて、こんなふうになる自分が信じられなかった。

「いい具合だ。そのうち客はみんなおまえに夢中になるだろうな」

「あっ――」

突かれるたび、しゃくりあげてしまう。頭の芯が痺れたようで、何がどうなっているのかさえよくわからなかった。零れ続ける涙を拭《ぬぐ》うように、御門が目尻にキスしてくる。その唇が唇に移って。

夢うつつのまま口づけられ、椿は縋るように背中に腕をまわした。

「ん……ん、……っ」

侵入してくる舌を夢中でちゅくちゅくと吸い、搦めとられるままになる。

男の動きが激しくなっていく。

(あ……)

そして奥に溢れる感触を感じた瞬間、椿もまた三度目の絶頂を迎えていた。


目が覚めると、椿は誰かの腕に抱かれていた。

温かくて心地よい。

(母さん……?)

あの母が抱いて眠ってくれるなんて、めずらしい。槍《やり》でも降るんじゃないかと思いながら、

(でも気持ちいい……)

椿はその胸に頭を擦《す》りつける。

そして温かいけれどもやわらかくはない感触に気づき、今度こそ本当にはっきり眠りから覚めた。

(ああ……)

初めて客に身を委せたのだ、と思い出す。そして自分がいったい誰に頬を擦り寄せていたのか気がついて、舌打ちしそうになる。

ゆっくりと記憶が戻ってきた。

あれから、かたちを変えて何度か交わり、もう嫌だと言ったら素股《すまた》のやり方まで教え込まれる羽目になった。一応の方法は知っていたものの、実地で経験するのは無論初めてのことだった。

いつ寝たのか記憶にない。気がついたら朝になっていた。

(いつのまにか眠っちゃうなんて……)

初めて床をともにした客の前で、正体もなく寝入ってしまうなどとは誉められたことで

はない。

（まあいいけど……この男にどう思われても）

視線をあげれば御門の端整な寝顔がある。

「ん……？」

そのときふいに男が小さく呻き、身じろいだ。

「眠っちまってたか……」

呟いて、大きく伸びをする。そして椿の顎に手を伸ばし、猫にするように掻いた。

「寝顔を見てたんだがな」

椿はつんと振り払ったが、男はそれを気にしたようすもなかった。腕時計を見て、こんな時間か、と身を起こす。

「寝てていいぜ。勝手に帰るから」

そんな椿の気持ちを推《お》し量《はか》ったふうもなく、男は言った。

「そうはいきません。俺が悪く思われる」

床入りをした客が帰るときには、きちんと大門までお送りするようにと言われていた。できることなら送りたくなどないが、一人で帰したところを誰かに見られてもまずいし、決められたことをきちんとできなかったと思われるのは嫌だった。

「へえ……」

と、御門は唇で笑う。

「そういや面倒な世界だったんだよな、ここも」

椿はそろりと上体を起こした。

御門はいちいち防具を使ってくれたから、汚れかたは思ったほどではなかった。それでも視線を意識しながらぎこちなく身仕舞いを整える。

そのあいだ、御門は覗くでもなく淡々と自分の支度を調えていた。本当は着替えを手伝うべきなのだろうが、そんな気にはなれなかったし、正直気力もなかった。

一緒に見世を出て、少しふらつきながら夜道を歩く。時間が半端であるためか、人影はほとんどなかった。

（寒……）

それにさすがにからだも辛い。さっさと大門まで送り届けて、部屋へ帰って眠りたかった。

「あっ」

椿は思わずよろめいて、御門の腕に縋ってしまった。慌てて手を放す。

「もうここでいい」

と、御門は言った。

「これだけ人気《ひとけ》がなきゃ、人に見られることもねえだろ」

「でも」

「じゃあ、またな」

御門がそう言っても、椿は答える気になれなかった。うつむきがちに背ける椿の顎を、御門は軽く持ち上げる。

「また来てくださいね――だろう？　一人前の傾城なら言ってみろ」

椿はぐっと唇を噛み、そして開く。そんな科白は言いたくなかったけれども、それで侮られるのは嫌だった。

「……また来てくださいね」

「心がこもってないな」

「心にもないからです」

とりつく島もなく答える椿に、御門ははっと笑う。けれど機嫌を損ねたふうでもなかった。

「色子のとる態度じゃねーな。どうなると思う？　もし俺が遣《や》り手の……鷹村だっけ？　あいつに告げ口したら。今言ったこととか、水揚げで座布団投げて暴れたこととか」

「……！」

椿は一瞬絶句した。

「卑怯者……!!」

「やくざだからな」

御門は高笑いした。

そして自分の首にかけていた白いマフラーを取り、椿の首に巻き付ける。

じゃあな、と御門は背を向けて歩き出していた。

その鮮やかな反転は、六年前のあのときの後ろ姿を思わせ、一瞬ぼうっと見つめてしまう。

そして椿ははっと我に返った。

「こ……こんなものっ」

慌ててマフラーを外したけれども、突き返すには距離が開きすぎていた。走って追いかけるのも身体が辛い。

いいようにまるめ込まれてしまったような気がして、腹立たしさが沸々とこみ上げてくる。

椿は下駄を片方脱ぎ、それを御門の背中に向けて思い切り投げつけた。

直撃しても不思議はない飛び方だったにもかかわらず、だが狙いはわずかにそれてしまう。

（失敗……！）

御門は耳を掠《かす》めて飛んでいく下駄を見送り、小さく口笛を吹いた。

ちらりと振り向いて唇で笑う。そして悠々《ゆうゆう》と落ちた下駄のところまで歩き、拾い上げた。

だが投げ返してくるのかと思えば、彼はそうはしなかった。かわりに鼻緒に指を引っかけ、ぐるぐる振り回しながら、また歩き出す。

「なっ……」

まさか持って帰るつもりなのだろうか。

「ちょっ、まっ……！」

自業自得とはいうものの、下駄を持って行かれたら、見世まで裸足で帰らなければならなくなる。

だが、追いかけようにも、片方裸足ではまともに走れもしなかった。

（あいつ……っ!!）

ますます腑《はらわた》が煮えくり返る。

けれどもう、後悔しても遅かった。

御門は振り返りもせずに角を曲がり、仲ノ町通りへと消えていった。

【3】


椿ははっと目を覚ました。

（夢か……）

（昔のことを）

水揚げから既に一年以上の月日が流れたというのに、今ごろ夢に見るなんて。

最悪の夢見だと思いながらも、少し照れたようなばつの悪い思いで、椿は思いを馳《は》せた。

あれから、母親は売られずに済んだと聞いたが、今は引っ越したのか、あの家には別の人間が住んでいるという。母の行方《ゆくえ》はわからなくなっていた。御門に頼んで調べてもらってはいるが、まだ見つかってはいなかった。

そしてその御門は、飄々《ひょうひょう》と椿のもとに通ってきていた。

最初の頃は、身体を慣らすように毎晩となく抱かれたものだった。

無垢《むく》だった椿の身体は、御門に教えられるがままに拓《ひら》かれていった。あのときにあげる声も動きも、すべてが御門好みに教え込まれたと言えたかもしれない。

そのせいか、今でも椿の身体は、御門にだけ特別反応してしまう。

抱かれるたびに溶け、翌日には腰が抜けたようになるのもめずらしくなかった。男が帰り、一眠りして目覚めてからも、余韻《よいん》に身体が疼くことさえあるくらいだった。

(玩具、か……)

御門が椿を水揚げから買い続けているのは、何もかも自分好みに仕込んだ遊び相手をつくりたかったからなのだろうか。

彼の心は、椿にはまるで読めなかった。

気が向けばこまめに登楼《とうろう》することもあるが、向かなければ一月《ひとつき》も来ないこともある。

――俺を惚れさせるくらいになれ

と御門は言ったが、とうてい惚れられているとは思えなかった。

今のところは気まぐれな男を繋《つな》ぎとめるために、椿のほうからあの手この手を尽《つ》くしている状態だった。

(別に会いたいわけじゃないんだけど)

登楼してくれなければ、金を毟《むし》ることができないし、飽きられて捨てられたりしたら負けになる。

娼妓の復讐をすると決めたからには、それだけは嫌だった。

そしてそう思いながらも、長く来なければ心が沈むことには、気づかないふりをする椿だった。

(やめやめ……！　朝からあいつのことなんて)

頭から追い出そうとする。そのとき、部屋の外から禿の声がした。

「おはようございます」

続いてそっと襖が開く。

「おはよう」

このごろの椿の遅い朝は、たいてい禿に起こされるところからはじまる。

禿というのは、娼妓見習いとして見世に起居《ききょ》している子供で、花降楼では十六歳までは禿扱いとされていた。傾城の誰かの部屋づきになり、身の回りの世話や雑用をするかわりに、生活にかかる掛かりや新造出しの費用などはすべてその傾城に見てもらう。禿一人の面倒を見るだけでも相当な出費になるので、傾城のほうもそれだけの稼ぎがなければできないことだった。

椿のように、傾城として一本立ちして一年で部屋づきの禿をまかされるというのは、かなり早い出世といえた。それと前後して、座敷と寝間が続きになった二間の部屋をあたえられてもいる。これもまた、滅多にはないことだった。

椿が売れっ妓であることも事実だが、御門が通い、派手に遊んでいってくれる分が大きくものを言っていることもまた間違いなかった。

椿はまだぼうっとしたままで、褥に身を起こした。

あとはじっとしていれば、禿が髪に櫛《くし》を入れてくれる。朝にはあまり強くないが、簡単に結《ゆ》い終わるころには頭もだいぶはっきりしてくるのだった。

髪が終わると、禿に手伝わせて襦袢と着物を着替える。

一日の始まりだった。


食事と入浴のあと、椿は禿を連れて髪部屋と呼ばれている部屋へ下りた。現在では、特に髪を扱う部屋としては機能していないのだが、昼間の暇な時間には、見世の色子たちが他愛もない話をしたり、客に手紙を書いたり好き勝手に過ごしている。

着飾って張り見世の用意をしているものは少ないが、それでもどこか絵巻物のように華やかな情景だった。

適当な位置に陣取り、禿に髪を拭かせていると、同朋の忍《しのぶ》が声をかけてきた。

「あ、椿……！」

「はい、手紙」

忍は手に持っていた封筒を椿の前に置いた。配るように言われて預かった、今日着いた分の客の手紙のようだった。

　椿は裏を返して差出人の名を確かめる。

「ああ……」

　そして封も切らずに傍《そば》の火鉢《ひばち》に放り込んだ。

「あっ……」

　忍が声をあげる。

「どうして？　あんなに大事にしてたお客様じゃないか……」

「破産したんだって。彼」

「え……」

　大切にしていたのは、上客の一人だったからだ。破産してしまったら、もう見世に来ることはできない。登楼できない客は客ではない。

「でも、せめて返事ぐらい……」

「もう相手する気もないのに？　そのほうが、わざわざ傷口に塩を塗り込むようなもんじゃない？」

　そう口にしながら、椿の胸もまた小さな痛みを覚えている。

　手紙を読んでしまえば、客に同情が生まれる。きっと引きずられる。そうならないためには、最初から読まないほうがいい。たとえ返事を書いたとしても、相手が登楼できなくなった以上、何もしてやることはできないのだから。

「……それとも何、身揚《みあ》がりでもしろって？」

身揚がりとは、娼妓が自分で自分の花代を払って客を登楼《あが》らせることをいう。相手が間夫《まぶ》でもなければ、滅多にするようなことではなかった。

忍は困ったように眉を寄せる。

椿はため息をついた。

忍は少しずれていると思うのだ。おっとりと優しい「ふり」ならいい。でも本当にそうなのは、娼妓にとってはいいこととは限らないのに。

十二歳から一緒に育ち、ほぼ同時期に水揚げを済ませただけに、椿には上手くやれない忍がもどかしくてならなかった。

「金のない客なんて客じゃないだろ。そんなの相手してる暇があったら、あるところからたっぷり搾り取らないと」

「元気がいいじゃねーの」

後ろから椿を囲うように座卓に片手をつき、髪をつんつんと引っ張ってきたのは、綺《き》蝶《ちょう》だった。

姿を見せただけでも、ぱっと場が華やぐ。美妓《びぎ》揃いの花降楼の中でも特別に艶《あで》やかな容姿をして、二月に一回は必ずお職を張っている傾城だった。

椿にとっては目障《めざわ》り極《きわ》まりない存在だが、綺蝶は綺蝶で、本来は自分の部屋づきに限らず下の者を可愛がるたちにもかかわらず、椿のことだけはときどき楽しそうに苛《いじ》めてくる。張りあおうとする気持ちが伝わるからなのだろうが、本当の理由は別にあることにも、椿は薄々《うすうす》気づいていた。

頭を振って髪を奪い返し、椿は彼を睨みつけた。

「こんな商売してて、それ以外何があるって？　こっちだって仕事なんだから、金のあるなしで選ぶのは当然じゃないか。稼げなくて、年季《ねんき》が明けても河岸《かし》見世送りなんて真っ平《まっぴら》だろ」

年季が明けても外の世界で生きていく金が貯まらなければ、病気の蔓延《まんえん》するような汚い路地で脚を開くはめにもなる。実際、そういう妓も少なくなかったのだ。

「まあねえ」

「むしろ俺は、選べるのに全然選んでないあんたとか、どういう理由で選んでるのかさっぱりわからないあっちのほうが、よっぽど不思議だけど」

「うん……？」

開け放った襖のほうへ目を向ければ、綺蝶はその視線を追ってきた。

ちょうど禿たちを連れて廊下を通り過ぎて行くのは、綺蝶と毎月お職を争い、双璧《そうへき》と謳《うた》われる傾城、蜻蛉《かげろう》だった。

漆黒《しっこく》の癖のない長い髪に黒い大きな瞳。つくりもののように非の打ち所なく整った白く小さな顔に高慢な表情。

滅多なことでは客を振ったことがなく、お職の傾城としてはどうかと言われるほど気さくな綺蝶とは対照的に、蜻蛉は気まぐれに客を選ぶお姫様だ。

けれどその基準がどこにあるのかは、謎だった。

「ああ……ねえ」

やや意地悪い光を浮かべた視線を蜻蛉に向けたまま、綺蝶は唇の端《はし》をあげる。

「それ、俺も興味あるなあ」

蜻蛉は、話していた内容までは聞こえなくても、自分が話題にされていることには気づいたようだった。足を止め、冷ややかに綺蝶を見据《みす》えた。

「何の話だ」

「いやいや何でも」

にっこりと綺蝶は笑い、身を起こした。

「俺のことを話していたんだろう」

「そんなに聞きたいんだったら、教えてやってもいいけど」

自分で聞いておいて、その言葉と表情に悪い予感がしたのだろうか。

「別にけっ……」

その場を立ち去る体勢になり、けっこうだと言いかける。

だがそれより早く、綺蝶は続けた。

「お姫様がいったい、どういう基準で客を選《え》り好《ごの》みしてんのか、ってね――。この椿みたいに、金持ちならOKってわけでもないみたいだからさ？」

そんな問いかけに、蜻蛉は明らかに嫌そうに眉を顰《ひそ》めた。

対する綺蝶は極めて楽しそうだ。

（またはじまった）

椿は深くため息をついた。

綺蝶と蜻蛉とは、双璧であると同時に犬猿《けんえん》の仲とも呼ばれているのだった。そして顔をあわせれば口争いになる。ほとんど日課のようだった。

（でも）

蜻蛉を嬲りながらも、綺蝶の表情にはどこか溶けそうな甘さがある。それが椿には垂《た》れ流しの愛情のようにも感じられて、傍《はた》で見ていると馬鹿馬鹿しくなってくるほどなのだった。

綺蝶が椿に対しても妙に絡んでくる理由も、ここにあるような気がしてならない。

花降楼には長い黒髪の妓はたくさんいるが、蜻蛉と張り合えるほど性《しょう》のいいうつくしい髪をした妓は、椿を除いてはいないのだ。綺蝶が見るたびに引っ張りたがる椿のまっすぐな黒髪は、認めたくはないが蜻蛉のそれに、少し似ていた。

けれどそんなことには、当の蜻蛉は少しも気づいていないようだった。

（まったく）

と、椿は思う。

（こんなに鈍《にぶ》くてもお職争いできるくらい売れっ妓だって言うんだから、まったく、顔がいいってことは……）

本来傾城には、あらゆる気働きができたり、客の気持ちを敏感に察して応じられることも大切であるはずなのに、特別に容姿がうつくしければ何もできなくてもゆるされるのだろうか。

（俺がもしこれくらい綺麗だったら……）

御門も夢中になるのだろうか、と椿はつい考える。

（そうしたら勝てるのに）

椿だって、客はもちろん見世の者にもしょっちゅう容姿を誉められてはいるが、まだまだどこかに子供っぽさを残して未完成なのは否《いな》めない。しっとりと滲《にじ》み出るような艶めかしさが欠けているのだ。

「あるんだろ、一応基準が」

聞いているのが阿呆《あほ》らしくなってまた吐息をつく椿の頭上で、綺蝶たちのやりとりはまだ続いていた。

意地悪く顔を覗き込む綺蝶に、蜻蛉はやや押され気味に答える。

「……あ？　ああ……まあな」

「それとも実は本当に気まぐれだけで、全然ないとか」

まさかねえ……という揶揄を込めて、綺蝶は挑発する。

「馬鹿言え……！　あるに決まっているだろう」

「へえ……あるんだ。どんな？」

「え？　ええと、それは……」

「金……にしちゃ、金持ちでも振ってるときがあるよなあ」

しどろもどろになる蜻蛉に、綺蝶は畳《たた》みかける。

「……金だけってわけじゃない」

「じゃあ顔？　お姫様って面食い？」

「べ……別に顔で選んでるわけじゃ」

蜻蛉はばつの悪そうな顔で、ちらっと目を逸《そ》らす。そう言われてみれば、蜻蛉の客には、どうしようもなく不細工な男はいないような気がする。

「あっちがよさそうかどうかとか？　実は凄い淫乱だったんだ」

「あるわけないだろ……！」

叩いていくのを忘れなかった。

「なんでそんなこと答えなきゃいけないんだよ!? おまえには関係ないだろ……!」

つんと顎を反《そ》らし、蜻蛉はきびすを返す。その瞬間、翻《ひるがえ》る振り袖《そで》で思いきり綺蝶の頬を
「う……」

蜻蛉は口ごもり、けれど次の瞬間、ようやくはっとしたようだった。

「じゃあ何なんだよ」


「痛ぅ……」

綺蝶は頬を押さえながら、それでもどこか楽しそうににやにやしている。

やれやれと椿は肩を竦めた。

「あれで務《つと》まるんだから、まったくいい御身分《ごみぶん》だよ」

蜻蛉の後ろ姿を見送りながらつい呟《つぶや》くと、綺蝶は苦笑した。

「あれは……ねえ。お姫様だから」

「その『お姫様』の頭には、別の言葉がつくんじゃないの?」

「別の言葉?」

「『俺の』とか」

——俺のお姫様……

綺蝶は少し意地悪く唇を歪《ゆが》めた。

「へーえ。言うじゃねーかよ」

椿の頬を引っ張る。

「それほどでも」

椿は頬を奪い返し、にっこりと笑ってみせる。

綺蝶はちら、と視線を逸らした。それを追えば、見世を取り仕切る遣り手、鷹村の姿が廊下に見えた。

「つくわけねーだろ」

と、綺蝶は言い、椿の頭を小突《こづ》いた。

「俺にそういう口をききたかったら、いっぺんでもお職とってこい」

「！　言われなくても……！」

痛いところを突かれて思わず椿は言い返した。

（せっかく一矢報《いっしむく》いたと思ったのに……！）

綺蝶は笑いながら、髪部屋を出て行った。


その日、最初の客を送り出して見世へ戻ると、二階へ上がろうとした階段の下で、鷹村に呼び止められた。

来る客帰る客で、花降楼は今が一番賑《にぎ》やかな時間だった。

「御門様がお待ちですよ」

「え……」

ふいにどきりとして、鼓動《こどう》が速くなる。

（やっと来たんだ……）

そんな自分に、椿は少し戸惑う。

「本部屋へお通ししておきましたからね」

客が重なったとき本部屋へ通すのは、一番の上客と決まっている。椿に最も金を落としてくれているのは御門だから、当然といえば当然だった。

それにしても、けっこうひさしぶりの登楼になる。

どれくらい来ていなかったのかとふと指を折りかけ、なんだか腹が立ってくる椿だった。

（一月近くも、何してたんだよ!?）

すぐさま御門の待つ本部屋へ行こうと足早になり、けれどはたと足を止める。

「俺……何やってんの？」

一ヶ月も登楼せずに自分を放りっぱなしにしていた男のところへ、こんなに急いで行こうとするなんて。

勿論、ずっと行かずに振ってしまうことはできないが、そっちがその気なら、こっちもそれなりの態度をとってやらなければ気が済まないと思う。

だったら。

（せめて、一番最後にまわしてやる……！）

椿はそう決めて、他の客の待つ廻し部屋へと上がっていった。


他に登楼っていた客すべてを送り出すと、既に中引《なかび》けをまわっていた。

もうこれ以上引き延《の》ばすこともできず、椿は御門の待つ自分の本部屋へ向かう。

（あれ……？）

襖の前に着くと、中から笑い声が聞こえてきた。

遊廓には廻しという制度があり、客が重なればそれぞれを廻し部屋と呼ばれる部屋に通し、渡り歩いてすべての相手をしなければならない。色子が行けないあいだは、名代《みょうだい》と呼ばれる代理がかわりに客の相手をし、間《ま》を持たせることになっていた。

客は名代を抱くことはできず、ただ酌《しゃく》をさせたり話をしたりするだけだが、御門はその名代とそれなりに楽しくやっているようだった。

（待ちくたびれて退屈してるかと思えば……）

なんとなくむかつきながら、廊下で手を突いて声をかける。

「遅くなりました、椿です」

そして襖を開け、思わず目を見開いた。

「忍……！　なんでおまえが」

名代を務めるのは、本来新造と呼ばれる色子見習いの仕事なのだ。椿にはまだ部屋づきの新造がいないから、鷹村が手の空《す》いた妓をまわしてくれているはずだった。

それなのに、色子として一応一本立ちしているはずの忍が何故ここにいるのだろう。

「どうせお茶挽《ひ》いてるくらいなら、って鷹村に言われて……」

「ばか！」

困ったように微笑む忍に、椿は思わず怒鳴ってしまう。

「色子としてのプライドはないのかよ⁉　だいたいそんなことだから……」

「まあ、そのへんにしておけ」

つい説教をはじめそうになるところへ、御門が割って入ってきた。

彼は忍に数枚の札を握らせる。

「悪いな。これで美味いもんでも食ってくれ」

「え、でも、こんなに……」

忍は戸惑って椿を見る。酒を飲んだのか、少し頬が上気《じょうき》していて、いつになく艶っぽい忍に、椿は何故だか不愉快になる。

「もらっとけば。どうせ腐るほど持ってるんだから」

「じゃあ……ありがとうございます」

忍は手を突いて頭を下げ、椿の部屋を出て行った。

椿は憮然《ぶぜん》と忍にかわって腰を下ろす。

「いい子だな」

盃を干《ほ》しながら、御門は言った。

「あの子だろう。このあいだの卵焼きの子は」

椿は前に、忍があまりにお茶を挽いてばかりで食事にも事欠いていたから、さりげなく卵焼きを奢《おご》ろうとして失敗したことがあったのだ。つい御門に愚痴《ぐち》を零したのを、彼は覚えていたようだった。

椿があんなことを言ったせいで、彼は忍に興味を惹《ひ》かれたのだろうか？　そう思うと、ますます腹が立ってきた。

「それに、地味な妓だって話だったが、想像してたより可愛いじゃねーの。ちょっとか弱そうなのが気になるけどな」

「あの妓のほうがよければ、いつでもかわりますけど？」

「それはできねえのが廓の決まりだろう」

たしかに見世では、一度敵娼を決めたらずっとそのままというのが掟《おきて》だったけれども。

「じゃあ、その決まりがなければばかえたいとでも⁉」

思わず椿は声を荒げてしまった。

「なんだ？　妬《や》いてんのか」

「な……誰が‼」

楽しげに揶揄《からか》ってくる御門を、椿は睨みつける。

「別にそういうわけじゃ……。ただ色子として、忍なんかに見変えられるのがむかつくだけで。……そりゃ、忍だって可愛いけど」

忍は自分の容姿に自信がないようだが、本当はそれほど悪くもないと思うのだ。御門が癒《いや》されると思っても不思議はないくらいには。

「ふーん？」

御門はにやにやと笑う。

「だったらせめて、お客様に笑顔くらい見せたらどうだよ？」

「笑顔？」

「色子なら、妬いてるのか、なんて客に聞かれたら、もっと可愛らしく拗《す》ねてみせるべきだろうが」

そう言われて、椿ははっとした。

（そうだ……そうだった）

他の客が相手なら何も考えなくても上手くやれるのに、御門だとどうしていちいち失敗してしまうのか、椿には不思議だった。

何故だか気がつくと素《す》の自分が出てしまっている。それどころか、あたりまえの敬語さえあやしくて。

しかたなく、椿はにこりと微笑んでみせた。

笑いたくなどなかったが、いつまでも不機嫌にしていると、本当に妬いているみたいに思われてしまいそうだった。

「よしよし。可愛い顔ができんじゃねーか」

御門はそう言って、小さい子供にするように椿の頭を撫でる。

何故だか反射的に頬が熱くなるのを椿は感じた。

（――って、何赤くなってるんだよ）

顔を隠すようにうつむく。

「……何で俺を笑わせようとするんですか？」

「何でって？」

「俺が笑ってようが怒ってようが、本当はどっちでもいいくせに」

「どっちでもよくはねえけどな。どうせ色子を買うのなら、愛想がいいほうがいいに決まってる」

そう言われて、椿はずきりと胸が痛むのを感じた。

(どうせ俺は愛想が悪いよ……!)

他の客相手には、決してそんなことはなく、上手に演技ができるのだ。けれど御門相手には、最初の出会いが出会いだったせいか、どうしても地が出てしまう。見世で教わったような手練手管《てれんてくだ》の科白が喉につまり、気がつくと感情のままに怒ったり拗ねたりしているのだった。

(こんなんじゃ、ダメなのに)

「ちっとは寂《さび》しかったか?」

「い……」

いいえ、ちっとも。と答えそうになり、椿は思いとどまった。

(だからこんなふうに感情を露《あら》わにするべきじゃないってば)

御門に揶揄われないよう、不本意だが、もっと他の客にするのと同じようにもてなさなければ。

そう思い、椿は再び微笑をつくった。

「とっても」

途端に御門は噴き出す。

(だから何故そこで笑う⁉)

他の客なら喜んだり、感動したりするところなのに。

椿は理解できず、憮然として頬をふくらませた。

「まあ、飲め」

御門は笑って、椿に盃を持たせた。上機嫌で酒を注《つ》ぐ。これでは酌をするのが逆だが、椿はもうどうでもよくなり、気にせずぐいとあけた。

椿が何をしてもどんなことを言っても、決して苛立《いらだ》ったりせず、鷹揚にそれを楽しんでいるようなところが、御門にはある。却《かえ》って捉《とら》えどころがなく、やりにくくて仕方がなかった。

どうして御門相手だと、他の客にするように簡単に手玉にとることができないのか、椿にはよくわからなかった。歳が離れているからというばかりでは説明がつかない。ずっと年上の男というだけなら、他にもいくらでもいるからだ。

「まだ待ってらっしゃるとは思いませんでした。とっくに待ちくたびれて帰っていらっしゃるかと」

椿は精一杯嫌みを言うけれども。

「間夫は引けどきって言うからな」

男はしれっと答えてくる。娼妓は、間夫——つまり本命の好きな男の相手は、他の客を全部帰してからゆっくりとするものだ、という意味の、昔から言われている言葉だった。

(でも全然違うから！)

そういう意味で、御門を最後にまわしたわけではないのだ。

「自惚《うぬぼ》れないでください」

椿はますます腹を立て、つんと答えた。

御門は苦笑しながら、それでもどこか機嫌よく、椿の前に台の物を引き寄せて勧める。椿はそれを自棄のようにもりもりと食べた。

他の客のところでお相伴《しょうばん》にあずかってきているのだが、気を張っているためにあまり喉を通らず、空腹だったのだ。

御門は箸《はし》をつけていない自分の皿まで椿の前に差し出してくる。そしてそれまでもぱくぱくと食べる椿を、楽しげに観察するのだった。

(変な人)

水揚げのころに比べたら、陽気になったと思う。昔はもっとどこか暗くて乾いた感じがした。よく揶揄われるのは当時からだが、昔はもっと本当に意地悪だったと思うのだけれど。

「機嫌を直せ」

と、やはりあまり動じたふうでもなく、御門は言った。

「何か欲しいものでもあるなら言ってみろ」

「……」

ちら、と椿は椀《わん》から視線をあげた。

欲しいものならいくらでもあった。仕掛けも履《は》き物も、簪などの装飾品だって、今までにすべて御門が買ってあたえてくれたが、まだいくらでも欲しかった。でも。

御門はいつも来るたびに、椿に不自由がないか聞いてくれる。どんなものをねだっても、なんでもないようにあたえてくれる。いったいその果てはどこにあるのだろうと思う。何をねだれば御門を困らせることができるのだろう？

「どうしてもとおっしゃるなら……壁を直したいんですけど」

どうしても、などとは全然言われていないのだが、椿はそう答えた。ねだりごとをするときだけは、自然と言葉が丁寧《ていねい》になるのが自分でも不思議だった。

「壁？」

「そこに傷があって」

「傷？　どこに」

「そこに」

「ああ？」

御門は椿が指《さ》したあたりに目を凝《こ》らす。

「もしかして、それか」

「あるでしょう?」

「あるといえばあるな」

御門はまた苦笑した。

「わかった。業者をまわしてやるから、好きに注文すればいい。いくらでも払ってやる」

「いくらでも?」

椿は大きく目を見張った。洗うがごとき赤貧《せきひん》の中で育った椿には、その感覚がどうしても理解できないのだ。物凄い大金を遣われたら、どうするつもりなんだろう?

けれど御門はあっさりと答えた。

「いくらでも。他に気に入らないところがあれば、そこも一緒に直せばいい」

(いくらでも、ね……)

そこまで大きく出るのなら、と椿は思った。ただ普通に壁を直すだけではちっとも面白くない。一番金のかかることを考えてやるつもりだった。それを実行したら、御門は困って、降参《こうさん》するのではないだろうか。そして「それだけはゆるして」と頼んできたりして?

そんなことを想像すると、なんだか楽しくなってきた。

(そっちがその気なら、受けて立ってやる)

にっこりと椿は笑った。

「ありがとうございます」

「おまえはおねだりに成功したときだけは本当に可愛い顔をするな」

御門は呆れたように言いながら、椿の頬を軽く引っ張る。椿はやっと調子が出てきた手管で、ちらりと睨んでみせる。

「ふだんは可愛くないとでも？」

「そりゃあ悪かった。いつも可愛い」

御門は笑って、椿の唇を塞いできた。舌を絡めて吸われ、ぞく、と腰のあたりに疼きが走る。

（やだ……）

まただ、と思う。

色子として、感じたふりをするのはいい。けれど本当には、あまり感じたくないのに。

椿はなるべく平静に演技しようと努《つと》めながら唇を離すと、御門のシャツのボタンに指をかけた。一つずつ外していき、素肌へと手をすべらせる。そのあとを唇で追いながら、やがてズボンにたどり着く。

バックルは手で外したけれども、釦《ボタン》とジッパーは口で外した。金具を噛んで、ゆっくりと引き下ろす。こういうことを色っぽいと喜ぶ客も多かった。

下着まで捲《めく》ると、半ばかたちを変えつつあったものに唇を這わせた。

茎を根もとから先端に向け、甘嚙みしては舐めていく。そうするうちに、それはぐんぐんと角度を増してくるのだった。

（凄い……）

御門本人の剛胆《ごうたん》さがこんなところにも表れている気さえする。口の中に含みきれないほど大きなものを、椿は何度も音を立てて啜《すす》りあげた。

「もういい」

御門は椿の頭に手を乗せた。

いつのまにか夢中になっていたようだった。まだややぼうっとしたままで、椿は顔をあげる。

「悦《よ》くない？」

問いかける声は、少し舌足らずなものになった。

「いや。上手になったぜ、それなりにな」

それなりに、という言葉に椿はむっとするが、そう答える御門の目は、わずかに苦く細められているような気がする。怪訝《けげん》な顔をする椿に、御門はふっと笑った。

「ただ、この腰が揺れてんのを見てるとな」

「ひゃう……っ」

腰を撫でられ、椿は思わず飛び上がりそうになった。いつのまにか、咥えながら淫らに揺らしていたらしい。

「舐めてるだけで感じたか」

「そんなこと……っ」

こういうときはちゃんと甘えて、嬉しがらせを言うべきだ。

(旦那様のが大きいからです——とか……)

そう思うのに、何故だか言えなかった。

真っ赤になる椿を、御門は膝に抱えあげた。

両脚で男の腰を挟み込む淫らな姿だが、椿はこの体位は嫌いではなかった。御門の厚い胸や腕にすっぽり包まれるのは、何かひどく心地よかった。

御門は椿の帯を解き、着物の前を開けようとする。慌てて押さえようとする椿と攻防になるが、結局は捲られてしまった。

意志とは無関係に硬く張りつめたものを見つめられて、椿はますます真っ赤になる。

御門はそこへ指を絡めてきた。

「あ……っやぁっ……」

椿は思わず嬌声を零し、背を撓らせる。続けて擦られると、すぐに臍《へそ》から下が溶けたようになった。

（こんなの、おかしい……！）

「あ……っ、あァっ、はっ……——」

感じている演技をするどころではなかった。椿は御門の腕を掴み、やめさせようとしたが、その手はいつのまにかただ縋るだけのものになっていた。

御門の前では手管が使えないばかりではない。彼に抱かれるときは、自分で自分が律せなくなる。それがひどく不可解でゆるせなかった。

たぶん、御門は凄く上手なのだと思う。やくざだけあって、星の数ほどの男女を抱いてきたからに違いなかった。そう思うと、何かますます嫌な気分になる。そういう男に翻弄《ほんろう》される自分が情けないからなのか、もっと他の気持ちがあるのかは、考えたくなかった。

御門のもう片方の手が、緋襦袢の中に入り込んでくる。脇腹から腰をすべり、尻のまるみをたどる。

「やぁう……っ……」

後孔《こうこう》をゆっくりと広げて、中へ指が挿入《はい》り込んできた。

「あっ……」

潤滑剤のおかげで痛みはなかったが、冷たい感触に、椿はぞくぞくっと身を震わせた。

「あ、あん——……」

わざと焦《じ》らすように浅いところを掻《か》かれる。深く入りそうで入ってこない感触を食い締めようとして逃す。

「あ、やぁあ……っ」

「そんなに気持ちがいいか」

「……っ……この……」

思わず客に向かって乱暴な口をきいてしまいそうになり、はっと噤《つぐ》む。その瞬間、奥を突かれた。

「あああああっ――」

待ちこがれていた感触に、椿はたまらずに腰を揺らめかせた。指だけの愛撫でこんなふうになってしまう自分が信じられなかった。

「あっ……あ――っ……」

肉筒はすっかり熟《う》れていて、拓《ひら》かれるわずかな痛みも、すべて快感として受け止めてしまう。二、三度内壁を掻きまわされ、びくんびくんと椿は背を震わせた。

けれど一度奥に届いた指は、すぐにまた抜けていく。

「やだ、抜か……っ……！　あぁっ……！」

その指の肉壁《にくへき》を擦る感触に、また淫らな喘ぎが漏れる。

もう、ひと思いに奥まで貫《つらぬ》いて欲しい。指といわず、御門自身の身体で。

はしたない望みを抱き、そうか、と椿は気づく。どうせ雄《おす》の挿入なしには終わらないのだ。だったら、早く終わらせてしまえばいい。

　椿は両脚で男の腰を挟みつけ、淫らに擦りつけた。

「もう、挿れて……っ」

　けれど御門は、小さく笑う。椿は悔しくてならなかった。半分演技であることが、何故わかるのかと思う。誘《さそ》いに乗らない客なんて、他には誰もいないのに。

「まだだろう?」

　無情に囁き、また茎を擦る。そうしながら、ぐちゅぐちゅと椿の中を弄《いじ》った。

「……ん……ん、そこ、あっ——」

　気持ちがいいところを、絶妙に外される。焦れったくて、思わず自分から腰を揺らしていた。掻かれるたびに淫らな音が耳を打つ。溶けるほどに慣れて、熱くてたまらなくなる。前と後ろを激しく同時に嬲られて、何がなんだかわからなくなってくる。

「も、だめぇ……っ……」

　気がつけば、媚《こ》びるような濡れた声をあげていた。

「して、もう、奥にきて……っ」

　ようやく、椿を嬲っていた意地悪な指が引き抜かれた。

　両手で腰を抱えられ、思いきり開かされる。そしてかわりに、くらべものにならないほどの質量を持ったものが押し当てられた。

そして先端が潜り込んできたかと思うと、そのまま熟れきった身体の中をずぶずぶと貫いてきた。

「ん……っあぁぁぁ……っ！」

自らの体重で一気に奥まで擦られて、それだけで椿はのぼりつめていた。

「あぁ……あぁ……っ」

背中を思いきり撓らせ、吐精《とせい》する。怖いくらいの快感で、目の前が真っ白に弾《はじ》けた。

「あ……」

余韻に喘ぐ椿の身体の中では、奥の深いところまでまだ御門のものが息づき、支配していた。

「熱……い」

「そうか」

締めつけながら無意識に呟くと、御門は笑った。

「大丈夫か？　少し休むか」

「あ、だめ……っ」

囁いて身体を引こうとする御門に、椿は声をあげた。抜いて欲しくなかった。

「だめ、もっとして……っ」

（イッたのに……）

あまりに焦らされ、時間をかけて溶かされたためだろうか。身体が全然納まらなかった。

「いやらしいな」

と、御門は耳許で囁いてくる。

「他の客にもこうなのか」

「ばかっ……」

椿は腹立ちまぎれに御門の肩を叩き、噛みついた。

（あ……だめだ）

そしてはっと、客の身体に跡《あと》などつけてはならないことを思い出す。特にこの男は妻のある身なのに。

けれど御門は咎《とが》めることなく、椿の腰を掴み、思いきり突き上げはじめた。

「あ、あ、あ――……」

ようやくあたえられた快楽を、椿はむさぼった。

中で男の楔を味わい、性器は御門の腹に擦りつける。

（いい……）

先走りがどろどろと漏れる。悦すぎておかしくなりそうだった。椿はぼろぼろと生理的な涙を零していた。

男の背中に爪を立てたい衝動《しょうどう》を抑えようとして、何故だか急に馬鹿馬鹿しくなる。

（いいや……別に後で叱られても）

「あ……っ」

椿はそう思い、御門の身体に縋りついた。

【4】

「……なので、紋日《もんび》には必ずお越しください、椿……っと」

いつもと同じような遅い朝、椿は髪部屋の一角《いっかく》に硯《すずり》と筆を持ち出し、客への手紙をしたためていた。

（我ながら名文）

書いたところまでを読み返して、呟く。

遊廓には「紋日」と呼ばれる特別な日がある。

江戸のころには年に数十日も定められていたものの名残《なごり》で、今は数日を残して廃《はい》されてはいたが、その日登楼した客はいつもの倍の花代を払わなければならない決まりになっていた。

そしてそれのみならず、紋日には、ことさら派手に金を遣《つか》うのが客の見栄《みえ》であり、遣わせるのが傾城の見栄でもある。

色子たちは紋日には仕事を休むことはゆるされず、もしお茶を挽くようなことがあれば、自分で自分の花代を、しかも普段の倍額持たなければならない。そのため色子たちは、客を呼ぶために手管《てくだ》を尽くす。

椿もまた、数人の客に登楼を促《うなが》していた。

勿論その中には御門も入っている。搾り取るには紋日は絶好の機会だったし、それにやはり、それだけの払いが十分にできる財力のある男は、椿の客の中にはまだそれほど多くはなかった。

何だかんだとは言っても、今までの紋日には、椿がねだれば御門はほとんど登楼を欠かしたことがなかった。

「あっ……」

ふいに書きかけの手紙を取り上げられ、椿は顔をあげた。

通りすがりに手を出して来たのは、綺蝶だった。

「またあんたか。返せよ」

「御門の旦那《だんな》宛《あ》てか。そういや最近旦那、来ねーな」

綺蝶に軽く言われ、小さく心臓が音を立てた。たしかにこのところ、御門の登楼は間遠《まどお》になっていたからだ。

「もしかして振られたんじゃやね？」

「まさか……！」

意地悪く揶揄《からか》ってくる言葉に、つい勢いよく返してしまう。

語るに落ちた感じだった。

椿はばつの悪い思いで、綺蝶からふいと目を逸らした。

「ありえないから、この俺を振るなんて」

登楼しないあいだにも、御門は座敷の改装費を気前よく出してくれている。飽きた娼妓に、それほど贅沢《ぜいたく》に金を遣わせてくれる男がいるはずがなかった。

（でも金持ちの道楽って、よくわからないけど……）

もしかして、贅沢に金を遣いすぎただろうか。人の金だと思って？

ありえないと思いながらも、一抹《いちまつ》の不安が過ぎる。

「へーそう？」

と、綺蝶は唇で笑う。

「けど口ではどんな甘いことを言ってても、客が内心どう思ってるかなんてわかんねーからなあ」

「うるさいなっ」

別に最初から甘いことを言われたことなどない。惚れられているとも思ってないし……でも本当に、それならなんで通ってくるのか、椿自身にもよくわかってはいなかった。

（……って、玩具にするためなんだろうけど）

「もう、いいから返せってば……！」

手を伸ばす椿をひらりとかわし、綺蝶は読み上げる。

「何々？　新しい座敷にはぜひ最初にお登楼《あが》りいただきたく、なので次の紋日には必ずお越しください……あの悪趣味な座敷ねー」

「悪かったなっ。悔しかったら、あんたも改装してみろよっ」

「いや。別に悔しくねーし」

しれっと答える綺蝶に、椿はますますむかついた。

——好きに注文すればいい。いくらでも払ってやる
御門がそう言ったのを受けて立ち、一番金のかかることを考えた、あの座敷の内装だった。

しかしながら、いくらかかったのか知らないが、御門はこれもあっさりと支払ったらしい。なんの文句も言っては来なかった。

やくざの財力を見せつけられた思いだった。まるで堪《こた》えたようすがないのがむかついた。

（しかもあのあと……）

——こんな下品な部屋にしていいと言った覚えはありませんよ……!!

壁の傷を直すとしか報告していなかった鷹村に、見世の格式に関わるとこってり絞られたのだ。

この件に関しては、椿は負けたような気分だった。

せめて実際の座敷を見せて、御門の驚いた顔を見てやらなければ気が済まないと思うのだ。

「で――紋日に呼んで、またたっぷり搾り取ってやろうって？」

自分で金を出して改装してやった座敷に、自分で登楼ってこけら落としをして、また祝儀《しゅうぎ》を払う。よく考えれば馬鹿馬鹿しい話だが、そうでなければ済まないのが廓というものだった。

「当然でしょう？」

ようやく手紙を奪い返し、椿は答える。

「金持ってるくらいしか取り柄《え》がないんだから」

「……可哀想」

「え？」

ふいに聞こえてきた呟きに視線をあげると、すぐ傍の席で遅い食事をとる忍がいた。

忍はこのごろは少しは贔屓《ひいき》の客もつくようになって、よく食べているはずなのに、なんだか却って痩《や》せてきたような気がする。

「あ……ごめん」

無意識に口を突いて出たものらしく、忍ははっとしたように言った。

「ただ、優しいかたなのに、そんな言いかたしたら可哀想だと思って……」

忍の言葉に、椿の胸は小さく疼《うず》いた。ちょっと言い過ぎたかもしれないと、思わないわけではなかったからだ。

だが、それを認めて改めることなど、椿にはできない。

「はっ」

椿は鼻で笑った。

「忍はあいつの正体を知らないから」

「正体……？」

やくざだということは知っていても、椿を売り飛ばした張本人だということまでは、誰も知らないはずだった。

(優しいわけないのに)

褥ではたいてい意地悪だし、椿のことは揶揄ってばかりいる。ごくまれに——そっと頭を撫でてくれたりするときには、優しく感じることもあるけれども——。

そんなのは、まやかしだと思う。

(……そういえば……)

ふと、椿は思い出していた。

このまえ御門が登楼したとき、名代に侍《はべ》っていたのは忍だった。

そのときに「優しく」されたのだろうか。

椿にする以上に、御門は忍には優しかったのだろうか？　御門のほうも忍のことを、いい妓だとか、思っていたよりも可愛いとか言っていたような気がする。

そんなことを考えると、椿は何故だかひどく面白くなかった。


そして次の紋日は、節分《せつぶん》にあわせた盛大なものだった。

紋日のかかりは大変とはいっても大見世のこと、たくさんの大尽《だいじん》たちが登楼し、賑《にぎ》やかな宴《うたげ》が繰り広げられていた。

椿もまたいくつかの宴を渡り歩いて豆まきをし、やがてそれらがお開きになると、客の褥に侍った。

御門からは多過ぎるほどの花代と改装の祝儀が届いたが、本人は未だ姿を見せてはいなかった。

(そりゃ、来ないほうが楽だけど)

花代さえ払ってもらえれば文句はないといえばその通りなのだが、たとえいくら搾り取っても、毎日通わずにはいられないくらい惚れさせなければ勝ったことにはならない。紋日にさえ御門が姿を見せないのは、何か悔しかった。それに座敷を見せられないのもひどく残念だった。

——もしかして振られたんじゃね？

（なんてことはありえないとしても……！）

「……どうしたの、そんな顔をして」

声をかけられ、椿ははっと我に返った。夜のうちに帰る客を大門まで送ってきたところだったのだ。

「いいえ……」

椿は首を振り、しおらしく目を伏せた。この角度だと、長い睫毛が最も綺麗に見えるはずだった。

「ただ、もうお別れかと思うと寂しくて……」

「またすぐ来るよ」

眉を寄せて客を見上げ、ふるふると首を振る。

「一日でもお会いできないと、椿は寂しくて死んでしまいそうです」

「椿……」

「ごめんなさい、馴染みになったばかりなのに困らせて……。でも何故だか、あなただけは今までのお客様とはどこか違う気がして」

瞳をじわりと潤ませる。

「椿……！」

客はぎゅっと椿を抱き締めてきた。

（一丁あがり、と）

ちょろいものだと舌を出す。

手早く次の約束を取りつけて、大門から客を送り出すと、椿はきびすを返した。

もう中引けの近い時間だった。

今日はもう何人も廻しをとったし、泊まりの客もいるからこれで店仕舞《みせじま》いにしてもいいのだが、張り見世に並べばもう一人くらい客がつく可能性はあった。

（どうしようかなあ）

客の相手をするのは、好きというわけではなかったが、椿はけっこう嫌いではなかった。すればしただけ稼げるし、御門との行為以外は気持ちがいいと思ったことはあまりないが、ちょっと我慢すれば終わる。コツさえわかれば、早く終わらせるのなんて簡単なことだった。

そしてまた、地位も財産もある立派な男が、椿のようなただの色子に簡単に手玉にとられ、湯水のように金を遣うさまを見るのはたまらなく面白かった。

すぐにでもまた逢いたい、あなただけは特別だと囁けば、相手は夢中になり、

——もとは旧《ふる》い商家の生まれだったのですが、不況で傾いた家を助けるために、しかたなくこの身を——

などと嘘八百を口にして楚々《そそ》と涙ぐんでみせれば、必ず同情してくれた。

勿論、そんな話は自分を高く見せるための作り話だ。事実はちんぴらとホステスの両親にどぶ板育ちだが、本当のことを口にしても侮《あなど》られるだけだと思う。

(でもこれくらいの嘘みんなついてるっての)

ちっとも悪いとは思わなかったし、客といるわずかの時間、良家の生まれのふりができるのは、椿にはちょっと楽しかった。

鼻歌を歌いながら、椿は歩き出した。

ふいに後ろから強く抱き竦《すく》められたのは、客と別れて、ほんの数歩も歩かないうちのことだった。

「ひゃあ……!」

思わず変な悲鳴をあげてしまう。

(攫《さら》われるっっ、殺される!?)

椿は腕を振りまわし、暴漢に足蹴りを食らわそうとして必死で暴れた。

「放せっ、このっ、このっ……!」

そのとき耳許《みみもと》でふっと笑い声がした。

「！」

はっと椿は動きを止める。

「元気がいいな」

「御門様……！」

抱いていた腕が解け、振り向けば、御門が立っていた。

「蹴ったりして、客の悪戯だったら、って考えなかったのか？」

言いながら、煙草を咥《くわ》える。

そういえば、考えなかった。

たしかにもっと遅い時間ならともかく、まばらとはいえまだ人がいる時間にこんなところで、よからぬことを企《たくら》む人間はそうはいないだろう。

（お客様でなくてよかった……）

胸を撫で下ろす椿は、御門も客だということを一瞬失念している。

「そのときは上手くごまかします」

と答える椿に、御門は含みのある笑みを零《こぼ》す。

「ま、客だと思っておとなしくしてたら誘拐犯《ゆうかいはん》だった――ってよりましだよな」

そして視線をやや下へ落とした。

「似合うじゃねーか」

椿はその言葉に、御門から贈《おく》られた仕掛けを纏っていたことを思い出した。不意打ちのように素直に誉められ、つい気恥ずかしくなって、顔を逸らす。

「……前もって花代と御祝儀だけ舎弟の方が届けにいらっしゃったから、今夜はもういらっしゃらないかと思ってました」

という科白は演技のはずだったが、何故だか本当に拗ねた口調のものになってしまった。

(気にしない、名演技、名演技)

と、胸の中で呟く。

「寂しかったか？」

「べ……」

別に、と反射的に答えかけて、椿は思いとどまった。今、傾城らしくないところを見せてしまったばかりだからこそ、もっとそれらしく取り繕わなければと思う。

「寂しくて死ぬかと思いました。すっかり痩せました」

「どれどれ？」

ほとんど棒読みになる科白に、御門は覗き込んで来たかと思うと、椿をふわりと抱き上げた。

「やあっ……！」

椿はまた悲鳴をあげるはめになった。

「お……下ろしてくださいっ、人が見ます……！」

「このまま抱えて行こうか」

「冗談はやめてください……！」

御門は笑って、ようやく椿を下ろしてくれた。

「却って重くなったんじゃないか？」

「仕掛けの重さですっっ」

つんと顎をあげ、ぷりぷりと怒りながら、けれどかなりの重さのある仕掛けを纏っていてさえ、軽々と自分を抱き上げる御門の腕にすっぽりと抱えられるのは、嫌いではなかった。

「……どこかで浮気でもなさってるのかと思いましたけど」

乱れた髪と着物を直しながら、椿は続ける。

「まさか、するわけないだろう」

と、あたりまえの答えを返されて、決まり文句だとわかっていながら、なんとなく機嫌が直る椿だった。どっちが手管を使っているのかわからなくなりそうな話だ。

「そういう粋なことをやってみるのもいいかと思ったんだけどな」

と、御門は言った。

紋日に花代だけ払って登楼せず、娼妓をやすませてやるのは、究極の粋とも言われている行為だ。

「そんな似合わないこと」

つい失笑してしまいそうになる椿に、御門は言った。

「やっぱり顔が見たくなって」

「え……」

頬が急に熱くなる。とっさにどう答えたらいいかわからなくなっていた。

出会い方が違ったせいだろうか。他の客だと何も考えなくてもするすると甘い言葉が出てくるのに、御門が相手だと何故だかなかなか上手くいかなかった。特に愛情めいたことを囁かれたり、優しいことを言われたりしたときはそうだ。

先刻着物を誉められたときだって、本当ならはにかんだ笑顔でもつくって、ちゃんとお礼を言うべきだったのに。

(ええと、こういうときは……)

と、椿は渋顔になって考える。

(嬉しい、とか言うべき？　……だよね)

勿論そうするべきだと結論し、椿はつくり笑顔で唇を開いた。

「う……嬉しゅうございます」

その途端、御門は噴き出す。

「なっ……」

彼の反応に、椿はかっとした。

「何故そこで笑うんですか⁉」

「いやいや」

思わず素《す》に戻って怒鳴る椿に、御門はにやにやするばかりで答えてはくれない。ただ駄々《だだ》をこねる子供をあやすように、椿の頭を撫でるだけだった。そのてのひらの心地よさには、少しほだされたけれども。

椿は唇を尖《とが》らせながらも、仲の町通りを御門と一緒に歩いた。

大門まで送ることはあっても、この道を逆にたどるのは初めてで、なんだか不思議な感じがした。

「でもいったいどうしてそんな粋なことをしようなんて思い立たれたんです？」

と、椿は問いかける。

「似合わないか？」

似合いません、とまた素直に答えそうになり、椿は唇を押さえた。そしてさりげなく、こほんと咳払《せきばら》いをする。

「そんなことはございませんが、今までにはなかったことでしたから」

御門は何故だかまた失笑する。

「いや――別になんでも」

そしてごまかすようにそう言って、続けた。

「少し前に、親父が入院したんだ」

「お父様が？」

御門は軽く笑う。

「そっちの親父は最初っからいやしねえよ。親父ってのは、盃を交わした親のことだ」

極道の世界はピラミッド型の構造をしており、御門は御門組の組長であると同時に、日本でも最大級と言われる組織、一義会《いちぎかい》の若頭《わかがしら》でもある。御門の親にあたるのは、この一義会の会長を指《さ》すのだろう。

椿はようやく理解したが、

（でもお父さんが最初からいないってことは……）

ついでのように知らされたそんな事実のほうが、心に留まった。御門もまた椿と同じように、家庭に痛みを持つ身なのかと思う。それは小さな共感のようなものだったのかもしれなかった。

そんな椿の思いに、御門はまったく気づいたようすはない。

「……で、ちょっと不穏《ふおん》な空気が流れて、いろいろあったんだ。見世に登楼るのは当分無理かと思ってたんだが……」

御門がこのところあまり登楼しなかったのは、それが理由だったのだ。決して椿に飽きたからなどというわけではなくて。

(なんだ……そっか)

椿はひどくほっとして、そんな気持ちを慌てて自分で否定した。

そしてもう一つ気になったことを聞いてみる。

「あの……不穏って、まさか抗争とか……？」

組織の頭が死ぬことにより、跡目《あとめ》争いから大きな抗争に至るというのはよく耳にする話だった。

「可能性はあったが、まあどっちみち親父は退院できたし、もう大丈夫なんだ」

「そうですか……」

椿は息を吐いた。

やくざなんて大嫌いだし、勝手に殺しあって滅《ほろ》べばいいというくらいには思っていた。けれどそれでも、やはり抗争にならないと聞けば安心する。

(だってもしこの人に何かあったら)

(――って、別にそんなことはどうでもいいんだけど……！)

無自覚に百面相をしている椿を、御門は笑みを浮かべて眺めている。

やがて見世の灯火《とうか》が見えはじめた。

見世に着くと、御門が登楼の前に連絡を入れていたらしく、既に宴会の支度が整っていた。

座敷といっても椿の本部屋の座敷ではなく、宴会用の広い座敷に芸者や幇間《ほうかん》を呼び、豆まきをした。

そしていつもの大騒ぎだ。

御門は見世では、まさにやくざらしく、「ばらまく」という言葉がぴったりの散財をする。

金を遣ってくれるのは、椿の売り上げにもなるのでありがたいが、こんなに毎回派手な宴会をしなくてもいいのに、とも思わなくもない。

花降楼のような大見世では、大金を遣うにしてもさりげなく、何ごとも粋であるのがよいとされているのだ。

(たとえば、蘇武《そうぶ》の若様みたいに)

蘇武とは、最近忍の馴染みになった御曹司《おんぞうし》だ。花街の憧れだった彼が何故忍のような地味な妓を見初《みそ》めたのかは謎だけれども、彼は粋で優雅で綺麗に金を遣う理想的な遊客といえた。

その爪の垢《あか》でも煎《せん》じて飲めばいいのにと椿は思うのだが、実際には御門の陽気な豪快さは何かを超越してしまっていて、見世の者たちにとても人気があった。

賑やかで豪勢な宴会には、手の空いた朋輩たちが次々と顔を覗かせる。御門は来た妓には気前よく祝儀をはずみ、酒や台の物を勧めていた。

（みんな何も知らないから）

忍と一緒だ、と思う。

椿は御門が人気者なのがやはりなんとなく面白くなかったが、それでもお座敷遊びがはじまれば、夢中になった。

負けず嫌いの椿は、勝っていれば楽しいのだ。負けたら顔に墨《すみ》、などという決まりがあれば余計だった。

年増《としま》芸者に鼻の下を伸ばしている御門に、墨で髭《ひげ》を描いて高笑いする。仕返しに、椿が負けたときには両頬にうずまきを描かれてしまったけれども。

御門はやくざのくせに、何度墨をつけられても機嫌良く笑っていた。

やがて宴がお開きになると、椿は御門を自分の本部屋へと導いた。

ずっと客の相手も廻し部屋でしていたから、この座敷に客を通すのは、内装を替えて以来初めてのことだった。

「さ、どうぞ」

と襖を開けてみせると、御門はそのまま立ちつくした。

「これはまた……」

言いながら、周囲を見まわす。

「凄《すげ》ぇ部屋にしたもんだな。金箔《きんぱく》の請求書が来たときは何かと思ったが」

さすがに驚いているのは明らかで、椿は勝ったような気分だった。

内壁を総金箔貼りにした、目映《まばゆ》いばかりの黄金の座敷だった。

椿は挑戦的に微笑んでみせる。

「立派でしょう?」

「……まあな」

御門は苦笑するが、その答えは肯定的とも受け取れる言葉で、椿はなんだか気持ちが浮き立つ気がした。

「しかし派手だな」

と、まだ見まわしている御門に、

「派手なほうがいいじゃないですか」

何を当たり前のことを、と返す。

「さ、中へ」

と背中を押し、座布団を勧めた。それもまた座敷にあわせて誂《あつら》えたもので、こちらは赤に金糸《きんし》の模様なのだが、ますます部屋の雰囲気を派手——いや華やかに彩《いろど》っていた。

御門はその上に腰を下ろした。

椿も隣に座りながら、御門の手に盃を渡し、酒を注《つ》ぐ。

「みんな悪趣味だって言うけど、そんなことないですよね？」

鷹村には下品だと言われたし、綺蝶に言われたこともけっこうひっかかっているのだった。他の色子たちの言うことなら、悔しかったらやってみろ、と一蹴《いっしゅう》するだけなのだが。

「かっこいいと思うんだけどな」

鷹村や見世の者たちの評価に、椿は不満だった。

御門は似合わない微苦笑を浮かべる。

「まあ、おまえらしくていいんじゃないか」

「え……らしい、って」

椿は思わず声をあげた。椿自身は、度肝《どぎも》を抜く派手さだとは思うけれどもどこが悪いのかよくわからない座敷だとはいえ、見世の皆から悪趣味だと言われ尽くした部屋が「おまえらしい」と言われれば、聞き返さずにはいられなかった。

「ぎらぎらしたところがそっくりじゃないか」

「ぎらぎら……!? 俺のどこが!?」

御門は笑った。

「番付あげようと必死なところも、金が好きなところも贅沢が好きなところも。ぎらぎらしてなくて何だって？」

「な……っ俺は別にっ……！」

椿はかっとなって言い返す。

(そりゃ番付はあげたいけど……)

でもそれは、娼妓ならたいてい誰でもそうだと思う。

「着物をつくってやると言われたら、上から下まで一揃《ひとそろ》えつくらせなけりゃ、気が済まねえくせに」

「う……」

「仕掛けが好きだろう？ 簪《かんざし》とか豪華な三つ布団とかも大好きだろう」

御門の言い分を否定したいのだが、しかし華やかな仕掛けや簪が嫌いかと言われれば、

(す……好きかも)

と、思わざるをえない。

既に最高級の華やかな仕掛けを何枚も持っているが、まだ足りないと思うし、仕掛けに限らず他のものでも何でも、贅沢は好きだし、金も欲しかった。

（貢《みつ》がせるのは色子の見栄ってもんだし）

だが考えてみれば、御門に散財させたくて座敷の内装をしたのではあるけれども、これはさすがに花代には入らないし、お職争いにも関係はない。仕掛けも、たくさん持っていないと肩身は狭いが、番付にはやはり関係ないものなのだ。

椿ができるだけ稼ごうとするのは目的があるからだが、そればかりでは説明のつかない、誰よりも多くのものを手に入れ、それを示したいとでもいうような、飢えのようなものもまた、椿の中には存在するのだった。

（目に見えるものじゃないと信じられない）

いくら客が――御門でも、他の誰でも、何を言ってくれても、かたちにして見せてくれなければ理解できない。

それが御門の言う、ぎらぎらしているということなのだろうか？

（……貧乏だったから？）

良い家柄の出身だと話してある他の客に対しては、何をねだるときでも地を出さないように気をつけているが、すべてを最初から知っている御門の前では歯止めがきかず、すべてを晒してしまっているのだろうか。

「俺は面白いから、いいけどな」

「面白い……!?」

思わず抗議の声をあげると、御門は笑う。

「おまえのぎらぎらしたところが気に入ってるってことだよ」

「え……」

小さく心臓が音を立てる。誉められているような気はしないし、喜ぶようなことだとも思えなかったのだけれども。

「ま、この座敷もな。吉原中探しても二つとないことだけは間違いないだろうぜ。そういうのは、悪くねえ」

椿は目を見開く。まんざらお世辞でも冗談でもなさそうな口振りで座敷を誉められて、なんだかとても嬉しかった。

御門がどう思おうがどうでもいい——むしろ呆れさせてなんぼ、というくらいに考えていたつもりだったのに、不思議だった。この部屋を「らしい」と言われてしまうのは少々複雑だけれども、自分の好きなものを認めてもらえれば、やはり嬉しく感じてしまうものなのだろうか。

御門は揶揄うように目を細める。

「太閤《たいこう》の黄金の茶室みたいじゃねえの」

「太閤……？」

「四百年ちょっと前、秀吉《ひでよし》が大阪城に黄金の茶室をつくったんだよ。ちょうどこんな感じだったのかと思ってな」

「へえ……」

そういうものにたとえられるのは、けっこう悪い気分ではなかった。椿は自然、室内を見回す。

禿《かむろ》が新しい銚子《ちょうし》と節分の豆、そして太巻きを運んできたのは、ちょうどそのときだった。

膳《ぜん》を受け取って禿を帰し、

「さ、お殿様」

「お殿様ねえ……」

苦笑する御門に、一杯、と椿は勧める。

御門は盃を呷《あお》り、干したそれを置くと、

「お殿様なら、あれをやらねぇと」

そう言って椿の腰を抱いた。

「……え？」

かと思うと、帯《おび》に手を掛けてくる。そして締《し》めてからだいぶたって緩《ゆる》んでいた結び目を、あっというまに解《ほど》かれてしまった。

御門はその端《はし》を持って、いきなり引っ張った。

「やあっ……！」

椿は横に倒れ、帯を解かれるままに畳の上をくるくると勢いよく転がった。

たちまち目がまわりそうになる。止まろうとか、起きようとか思ったけれども、どうにもならなかった。

ようやく止まったのは、座敷の端までたどり着き、帯がすっかりほどけてからやっとのことだった。

椿は肩で喘《あえ》ぎながら身を起こし、半ばはだけてしまった着物の前を掻《か》きあわせる。

そして御門を睨みつけた。

「な……何するんですか……っ」

「やっぱ、あーれーとは言わないもんだな」

「はあ？」

思わず変な声が出る。

「当たり前です!!　何なんですか、それは」

「時代劇なんかで、悪代官《あくだいかん》なんかがやるだろう」

そう言われてみれば、吉原へ来る前には、そういう番組を見たことがあったような気がする。悪者が町娘などを捕まえて、無理無体《むたい》に犯すときの定番だった。

椿はわざとらしいほど大きくため息をついた。

「あなたにぴったり！」

嫌みを言ってやったつもりだったが、御門は気分を害したようすもなかった。鷹揚《おうよう》に笑い、猫を招くように来い来いと手招きしてくる。

「もうしないから」

「イヤですっ」

椿はつんと顔を背けた。

そして再び締め直すために、帯に手を伸ばした。

だが帯の端に触れたかと思った途端、わずかに逃げていく。御門が端を引っ張って、猫をじゃらすように釣ろうとしているのだった。

遊ばれているのはわかっているのに、椿はついまた手を伸ばしてしまう。掴んだと思うと、また帯が逃げる。

「この……っ」

四つんばいになり、はし、はしっと追いかける。それは猫がたまを捕る姿そのものだが、椿には自覚がない。

「あ……捕まえた！」

今度こそ捕まえた、と思った瞬間、捕まったのは椿のほうだった。

手首を掴まれ、御門の膝の上に抱き上げられてしまう。

「離してください……っ!!　あいかわらず卑怯《ひきょう》なっ」

「よいではないか」

時代劇がかった口調で御門は言う。

「だめですっ！　……あっ」

緩んだ腕から逃れようとして、椿はほとんど転がるように畳に落ちてしまった。

「いい眺め」

と言われ、慌てて仕掛けの前を掻きあわせる。

そしてそのままのしどけない格好で、憮然《ぶぜん》と座り、

「帯」

返してください、と手を差し出した。

「どうせすぐ脱ぐんじゃやねぇか」

「なっ……」

それはたしかにそのとおりで、今帯を締め直すのは二度手間ではあるのだけれど。

「御門様……！」

椿は柳眉《りゅうび》を逆立てた。

御門は笑った。

「じゃあ立てよ」

「え？」

「いいから立て」

腰を摑み、浮き上がるほど持ち上げられて、椿は渋々膝立ちになった。

その腰に、御門はくるりと帯を回してきた。

「どうやって結ぶんだ？」

「どうやってって……ええ？」

御門が帯を結んでくれるつもりなのだろうか。

「お客様にそんなこと」

「よいではないか」

「ったくもう、狒々爺《ひひじじい》みたいなことばっかり……！」

「ひでぇなぁ。お代官様だろ」

そう言いながら、御門には怒ったようすはない。

「太閤じゃなかったんですか」

そういえば、太閤と殿様と悪代官はどれもかなり違うということに、今さら気がつく椿だったが、

「似たようなもんだろ。ほら」

と、御門は促してくる。

「言い出したら聞かないったら」

椿はやれやれと吐息をついた。

「けっこう難しいですよ。傾城でも、自分で結べない妓もいるんだから」

「へえ」

「ま、そういうのは特別だけど。――いいですか、まずこっちの端を持ってこの下に通して……」

椿は一番簡単なのを説明しはじめる。

「で、きゅっきゅっと……痛い！」

「うん？　どこが痛い？」

思わず抗議の声をあげると、御門はせっかく締めたところを解いて着物の下に手を突っ込んできた。

「ひゃあ！　ちょっとっ……」

椿は思わず腰を引き、その手をぴしゃりと叩く。

「痛ぇ」

と手を振りながら、けれど御門は怒りもせず、むしろ椿の反応を喜んでいるようにも見える。

（まったく……）

御門といると、いつも揶揄われて怒って、なのになんとなく最後には、なだめられて機嫌を直しているのだ。

てのひらの上で転がされているようだった。

そしてそれが腹立たしくもあり、そうでもないような気もする。

何故他の客のときと同じように手玉にとれないのか、椿は不思議でならなかった。

【5】


夜半過ぎ、大騒ぎをしてようやく帯を結び終わると、節分の豆と太巻きを食べた。

御門に豆を数えて渡し、椿もぼりぼりと自分の分を食べる。

視線を感じて、ちらと振り向けば、御門は脇息《きょうそく》にもたれて椿を眺めていた。帯を結び直したとはいえ、どこかしどけない姿を目で愉《たの》しんでいるらしい。

裸だって何度も見ているはずなのにと思うと、何が楽しいのか椿にはよくわからないけれども。

「ほら、これも」

と、太巻きも差し出してくる。

椿はそれも大きく口を開けて頬張《ほおば》った。

「……、御門様は食べないんですか？」

ようやく太巻きを飲み込んで食道のあたりを叩きながら、椿は首を傾げた。

「節分に歳の数だけ豆を食べると、今年一年の無病息災《むびょうそくさい》。太巻きをまる囓《かじ》りすると、願頃のことだ。

そういえば、去年の節分にも御門は登楼したのだった。まだ水揚げからあまりたたない
「そうでしたっけ」

「去年も聞いた」

い事が叶《かな》うんですよ」


い事が叶《かな》うんですよ」

「去年も聞いた」

「そうでしたっけ」

そういえば、去年の節分にも御門は登楼したのだった。まだ水揚げからあまりたたない頃のことだ。

(あの頃は、まだこんなふうには馴れあってなかったな)

ふとそんなことを思い出す。

一年前の椿は、御門が相手であってもきちんと娼妓の務めを果たし、惚れさせてやるんだと気を張っていた。それを揶揄われるたびに、もっと本気で怒っていた。

(どんな願い事したのか、って去年はこの人にも聞いたんだっけ)

興味があったというより、客には聞くべきだと思っていたからだ。

客は娼妓に話を聞いてもらうことを、とても喜ぶ。

そういう、客の心を搦《から》めとる方法を、椿はその頃には既に学んでいた。本能的にわかっていたのかもしれない。特に椿のような、一見派手で気の強そうな妓が親身《しんみ》になって話を聞けば、客は特別に自分が好意を持たれていると感じるらしいのだ。

——別にねーな
だが御門は、そう答えただけだった。

苦く沈んだような表情に、椿はそれ以上深く尋ねることはできなくなった。

当時から彼は、自分のことはあまり話さなかった。明るくなったと思う今でも、そういうところはあまり変わらないようだった。

御門はかわりに、

——おまえは？

と聞いてきた。

——年季が明けたら、行方不明のお母さんを捜して、一緒に暮らすことです
椿は、その日だけでもう何度答えたかわからない科白を口にした。こういうお涙頂戴《ちょうだい》の身の上話は、客の受けがいいのだ。

——そうか……、お袋さんと
御門はぼそりと呟いた。

椿は少し驚いた。御門はいつも、椿が娼妓の手管のようなものを遣うと、敏感に察して揶揄《やゆ》してくるのに。

（ひょっとしたら、わかる……のかな）

と、椿は思った。椿が売られた経緯《いきさつ》を見ている御門には、あたりまえのことだったのかもしれないけれども。

受けがいいから客に話しているのは事実だったが、その気持ちまで嘘というわけではな

かったのだ。

それは、椿が金に執着《しゅうちゃく》する根本的な理由でもあった。

母が今、どうやって生計を立てているかはわからないが、もし働いている店に前借りや借金があったりすれば、辞めさせるためには精算してやらなければならないし、そうでなくてももともと浪費が好きな人だから、どのみち金は必要になる。

今は無理でも、いつかは母親に会いたかった。父のことは嫌いだったが、母のことは好きだった。大人になって考えれば彼女もずいぶんろくでもない女だったような気はするのだが、それでもそれなりには椿のことを可愛がってくれるときもあったのだ。

御門に対して刺々《とげとげ》しかった心が、少しだけ和《やわ》らいだ。

椿が水揚げの時に聞きそびれ、そのままになってしまっていた母親のことを彼に聞いてみたのは、このときのことだ。

御門は行方を知らなかったが、調べてやると約束してくれた。

それから一年。

未だに見つかったという話は聞いてはいない。

「……どうした」

黙り込む椿に、御門が問いかけてくる。椿ははっと顔をあげた。

「あ……ちょっと母さんのこと、思い出して」

「そうか」

予想はついていたのだろう。御門は呟いた。その瞳を、わずかな影が過《よ》ぎった。

それを見た途端、椿はふいに不安になった。

母の身に何かあったのではないか。今の影はただ、なかなか捜し出せないことが気まずいというだけのものではなかったのではないか？

嫌な予感がひたひたと迫ってくる。

「あの……」

椿はそれを胸の中で打ち消しながら、唇を開いた。

「母さんの行方《ゆくえ》……、その後どうですか？」

もう、最初に頼んでから一年たつ。御門なりに手を尽くしてくれているのだろうと思えばせかすのも悪いし、たとえ行方が知れても、年季の残っている身ではすぐに会えるわけでもないから、今まであまり強く催促《さいそく》したことはなかったけれども。否《いな》……それとも、聞くのをどこかで恐れていたのだろうか？

「何かわかりました？」

「いや、まだ」

そう答える御門の表情は、すっかりいつも通りに戻ってはいたけれども。

「でも」

椿は思わずきつく眉を寄せていた。

「本当に？　……あれからもう一年もたってるのに」

口に出した途端、いっそう不安が募《つの》った。そう、一年もたっているのだ。

過去の経緯はともかく、見返りもなく手を尽くしてくれている男を責めるようなことは、言わないつもりだったけど。

何もわからないままなのは変だとは、ずっと思っていた。御門が約束だけして調べずに放っておくような男でないことは、この一年でなんとなく感じていたから余計だった。

「御門組の力を使っても、女一人の行方を捜すのにこんなに時間がかかるものなんですか？　あの家にいないんなら、どうせどこかの風俗に住み込みしてるか、近くにいた誰かの愛人になって囲われてるに違いないのに」

「そう思って捜してるが、なかなかな」

その言葉は本当なのだろうか。

椿は御門の目をじっと覗き込む。それが嘘でも、この男は簡単には答えてくれないだろう。

椿は顔を背け、わざとひどい言葉をぶつけた。

「もっと使える人かと思ってた……！」

苛立《いらだ》ったのも本当だが、御門を怒らせれば、彼から本音を引き出せるのではないかと思ったからだった。彼女の身に何かあったのならそうと、ただ捜すのが難航しているだけならそうと。

だが御門は怒りはしなかった。

「……悪いな。使えなくて」

その声を聞いた途端、椿はすべてを悟《さと》ったような気がした。

御門はもともと滅多《めった》なことでは怒るような男ではないけれども。

「どうして怒らないんですか⁉　やっぱり母さんは……っ」

「捜索《そうさく》が遅れてるだけだ。さぼってたんだよ。悪かっ……」

「嘘！」

椿は御門の胸を両手で叩いた。

「嘘じゃねえよ」

「だったらいい、興信所《こうしんじょ》に頼むから……！　そのくらいのお金も伝手《つて》も、今だったらどうにでも――」

「椿」

椿がここまで言う以上、もう黙っていても無駄だと思ったのだろうか。御門は椿の言葉を遮《さえぎ》った。

そして椿の目を見つめ、ゆっくりと唇を開いた。

「おまえの母親は、あのあと一年もしないうちに亡くなったよ」

「……今、なんて……？」

「家の近くの道をふらふら歩いてるところを、車に撥《は》ねられて」

「――……」

椿は言葉もなく目を見開く。

それを見下ろして、御門は続けた。

「一年前、調べはじめてすぐにわかったんだ。おまえに告げるべきかどうか迷ったが、結局言えなかった」

「……あ……」

「黙っていて悪かったな」

視界がじわりと滲《にじ》み、歪《ゆが》んでいく。ぼろぼろと零れる涙を、椿は止めることができなかった。

目の前にあった御門の上着を、半ば無意識に掴む。

そして声をあげて泣いた。

御門がぎゅっと抱き締めてきて、椿はその腕に縋った。

「……っ……」

しゃくりあげる背中を何度も御門は力強く撫で、椿の髪やこめかみに口づける。いつにない優しい感触に、いっそう涙が溢れた。

椿は伸び上がり、自分からその唇に自らの唇を押し当てた。

「……椿……」

驚いたように御門が呟く。その唇をもう一度塞ぎ、言葉を封じて濃厚に舌を絡めた。

胸が痛くて潰れそうで、何も考えずにすむようにして欲しかった。

その気持ちが伝わったかのように、御門は摑みあげるように椿を抱き、奥の間の褥へと運んでいった。


——いつか俺が母さんに楽をさせてあげる……

そう言うと、母は必ず微笑ってくれたものだった。

——たくさんお金を稼いで、母さんが勤めてたクラブみたいなきんきらきんの御殿に、きっと住まわせてあげるから……！

——ありがとう。嬉しいわ
その笑顔を思い出した瞬間、目が覚めた。

（夢……そりゃそうか……）

椿は吐息をついた。

何も考えられないように滅茶苦茶にして欲しかったのに、御門の抱き方は彼らしくなく優しかった。激しく突き上げながらも身体中にキスしたりして、思い出すと恥ずかしくなるほどだった。

絶頂とともに意識を失い、そのまま眠ってしまっていたようだった。

気がつくと背中から抱き締められていた。

(……気持ちいい)

いろんな意味でだいぶ泣いたせいか、頭が少し痛い。目も腫《は》れている感じがした。

けれど無意識に予感していたのだろうか。泣くだけ泣いて、どこかすっきりしたような感じもある。

何しろ六年も前に死んでいたのだ。あまりにも知るのが遅すぎた。それにただ話を聞いただけで「死にました」と言われても、実感できていない部分もあったのかもしれない。

(もう、今さら……)

それでも、面影を思い出せばまたじわりと涙が溢れてくるけれども。

襦袢《じゅばん》の袖口《そでぐち》でこっそり涙を拭《ふ》いていると、御門は椿の髪に顔を埋めてきた。

ああ、起きてたのかと思う椿の背中で、彼はふいに言った。

「おまえ、身請《みう》けされる気はないか」

「え……っ？」

突然聞こえてきた思いも寄らない言葉に、椿は思わず目を見開いた。

聞き違いかと耳を疑い、聞き返す。

「……今、なんて？」

「おまえを身請けしたいと言ったんだ」

「ええ……!?」

椿は思わず大きな声をあげ、飛び起きていた。褥に手枕《てまくら》で横たわる男をまじまじと見下ろす。

（この男が、俺を身請け……!?）

「な――何言って……」

はっきりと「身請け」という単語が聞きとれてさえ、信じられなかった。

「悪い冗談はやめてください……！」

「冗談じゃねえよ」

「だ……だって……っ」

「たとえ冗談だったとしても、こういうときは一応嬉しがるもんじゃねーのか？」

やや軽く言われ、椿ははっとした。

そうだ。本気じゃなくても、ただの嬉しがらせで身請け話を持ち出す客はまれにいる。

床の中での戯《ざ》れ言《ごと》なんて、いちいちまともにとったらだめなのだ。

本気で反応してしまった自分が急に恥ずかしくなった。

椿は笑顔をつくろうとして失敗した。やはり冗談につきあう気分にはなれなかった。

「ありがとうございます。冗談でも嬉し――」

「冗談じゃねえけどな」

「な……っ」

じゃあ本気ということだろうか。本気で自分を身請けしたがっているのだろうか？　この男が？

「そ……そんなこと信じられません」

「嘘でも冗談でもない。本気だ」

御門はゆっくりと褥に身を起こした。

「――嫌か」

まっすぐに見つめられ、胸の鼓動が痛いほど高鳴る。顔が火照《ほて》ってたまらなかった。

（どうして？）

（俺、喜んでる……？）

この男に身請けするなどと言われて、何故喜んでいるのか。椿は戸惑う。

（どうして……って、そりゃそうじゃん。身請けしたいってくらい惚れさせたってことは、

俺の勝ちじゃん)

喜んで当然のはずだった。おかしなところはどこにもない。

そう思ってふと視線を落とした先に、椿は御門の左の薬指に光る、銀色の指輪を見つけた。

椿ははっと息を飲んだ。

(そうだった……)

妻のいる男だったのだ。

けっこう長いつきあいになるのに、椿は彼が指輪を外したところを見たことさえなかった。

(遊廓に来てさえ、ずっとそんなものを嵌《は》めてるくらい好きな奥さんがいるのに、俺に惚れてるわけないじゃん)

途端に胸が萎《しぼ》んでいくのを椿は感じた。

それを振り払うように椿は言った。

「……どうして身請けしようなんて気になったんですか？　同情ですか？　俺が母を亡くしたから……？」

「そんなんじゃねーよ」

「じゃあどうして」

「そう――おまえをこれ以上他の男と共有するのが嫌になったからかな」

(嫉妬《しっと》ってこと……？)

そう考えてしまいそうになり、椿はすぐに否定した。

(俺のことが好きなわけじゃないんだし、嫉妬するわけないじゃん)

共有を嫌がる気持ちは、嫉妬というよりはおそらくただの独占欲――縄張《なわば》り争いみたいなものなのだ。

やっぱりだめだ、と椿は思う。愛されてもいないのに、囲い者になることなどできない。

(――っていうか、何考えてるんだよ？　たとえ惚れられてたとしても、身請けなんて冗談じゃないのに)

もともと椿は誰にも身請けされる気はなかったが、御門は椿を売り飛ばした張本人なのだ。いわば仇《あだ》のようなもので、そんな男に身請けされるなんて、論外だった。

「せっかくのありがたいお話ですけど――」

と、椿は当たり障り無く断ろうとする。

「どうしてだ？　悪い話じゃないと思うがな」

「でも」

「贅沢は好きだろう？」

「好きですけど……」

「いくらでもさせてやるし、甘やかしてやる」

「そんなこと……っ」

甘い言葉に、何故だか胸が痛む。贅沢も甘やかされるのも好きだが、椿の頭の中では、そうやって囲われるのは愛人そのものを思わせる姿だったからかもしれない。

「だいたい、七年前には俺を叩き売ったくせに、今さら身請けなんて」

「まだ恨んでいるか」

「あたりまえでしょう。それに俺、やくざは嫌いなんです」

客に言うべき科白ではないのはわかっていたが、止まらなかった。

椿を売り飛ばした御門たちもやくざだったが、そもそもその原因をつくったろくでなしの実の父親もまたやくざだったのだ。良い印象を持てるわけがなかった。

御門と逢うようになって、同じやくざでも幹部クラスとちんぴらとでは天と地ほども違うことがよくわかったが、それでも好きになることはできない。

「そうか？」

と、だが御門は唇で微かに笑った。

「姐《あね》さん向きの性格だと思うがな。派手好きで気が強くて」

「なっ……」

その科白に椿は憤慨《ふんがい》し、声を荒げた。

「とにかく嫌ですから……！　身請けされるのなんか真《ま》っ平《ぴら》です。誰かのものになって、保護されて生きるの自体いやだし、ましてや……」

御門になんて。

長く廓で暮らしていれば、自然とわかってくることもある。身請けに憧れる色子たちは多いが、請け出されていった先輩たちが必ずしもしあわせになっているのかといえば、そうではなかった。

風の便りに聞く噂には、良い暮らしをさせてもらっている話も多い反面、肩身の狭い思いをしているとか、捨てられて行き場を失い、河岸《かし》見世に舞い戻っているとか、悪い話も少なくなかった。

惚れられて、玉の輿《こし》に乗せられて請け出されてさえそうなのだ。

(気持ちは永遠じゃない)

(母さんだって、父さんと一緒にならないほうがしあわせだった)

母親は、父ではなく別の男と結婚していればしあわせになれたと考えていたようだったが、椿はそれもあまり信じることができない。

愛しあって一緒になったはずの母とその子供の椿を、自分自身の保身のためにやくざに叩き売ろうとした父親を見て以来、永遠に続く愛情そのものを信じることができなくなったのだ。

（それなのに、最初の愛情さえないなんて）

（――っていうか、だから、あってもだめだって）

ずれていく思考を引き戻そうとする。

「年季明けまでこの仕事を続けるのか」

と、御門は聞いてくる。

年季が明ける二十七歳まで、あと八年。

（そのあいだずっと今みたいに毎晩、何人もの男に抱かれて……？）

決して椿は仕事が嫌いというわけではないつもりだった。なのに、そう思った途端、何故だか心底ぞっとした。

鳥肌の立った腕をそっと撫でながら、それでも椿は答える。

「……そのつもりです」

「俺のものになるより、そのほうがいいのか」

「……はい」

「どうしたら俺のものになる」

覗き込んでくる瞳が真摯なものに見えて、椿は反射的に視線を逸らした。その先には銀色の指輪がある。

「どうしたってだめです……！」

椿は首を振り、声を荒げた。

「母親のために金を貯めたかったんなら、もうその理由はなくなっただろう」

「……！」

椿は、たしかにそうだということに、このとき初めて気がついたのだった。彼女と一緒に暮らしたり、彼女のために金を稼ぐ必要はもうないのだ。だったら、椿が見世で少しでも多く稼ごうとする理由はなんだろう？

椿はいきなり足許から踏み台を外されたような気持ちだった。

「そ……それだけじゃありません……！」

混乱の中で、椿は必死で言い募る。

「俺自身だって生きていかなきゃならないし、誰の世話にもなりたくありません。俺はずっとここで働いて、お職にもなって稼いで」

「俺がお職にしてやると言ったら？」

「えっ……？」

椿は驚いて、つい口を噤《つぐ》んだ。

「な……何言って……っ、簡単にいくわけないでしょうっ」

「そうかな」

「そうです……！」

認めたくはないが、今お職争いをしている綺蝶たちとは、そう簡単には勝負にさえならないのだ。資質の違いもあるにしても、まず年期のぶんだけ客の数が違うからだ。彼らは既に上客を何十人も持っているのだ。

そんなことは御門にもわかっているはずなのに。

「たとえ毎日来たとしたって、あなた一人じゃ」

話がずれつつあることをどこかで感じながら、椿は言った。

「そりゃ、俺にも他にお客様はいるけど」

「じゃあ、できたらどうする？」

「どうするって……」

困惑する椿をまっすぐに見つめ、御門は言った。

「できたら、俺のものになれ」

椿は一瞬絶句した。そして大声で怒鳴る。

「か――勝手に決めないでください……！」

「もう決めた」

「な……っ」

お職になれたら身請けを承知するなどと、椿は一言も言った覚えはないのに。

「そんなこと冗談じゃ――」

椿が更に抗議しかけたそのときだった。

ふいに外から小さな声がかけられ、椿ははっと振り向いた。禿が行燈《あんどん》の油を差しに来たのだった。

「失礼します」

そっと襖を開け、禿が入ってくる。

椿は話の腰を折られて困ったような、ほっとしたような、それでいて残念でもあるような複雑な気持ちになる。

こうして禿が来るのは、ただ明かりを足《た》すことそのものが目的なのではなかった。客が無理心中を図ったり、不届きな行為に走ったりするのを妨《さまた》げたり、色子が一人の客の褥ばかりに侍って他の客を蔑《ないがし》ろにしたりしないよう、声をかけて廻しに行かせる意味もあるのだ。

（そういえば、泊まりのお客様がいたんだった……）

いろんなことがありすぎて、廻るのを忘れていた。こんなことは、色子になって初めてのことだった。

椿は鏡に向かい、寝乱れた緋繻袢を直し、髪を直す。思ったとおりひどく目は腫れていたけれども、頬はどこか上気《じょうき》して艶《なま》めかしい。身請け話のせいなのかと思うと、正視するのが躊躇《ためら》われるほどだった。

禿が油を足して出て行ったあとで、ちらりと御門を振り向けば、

「行ってこい」

と、彼は促す。

椿は仕掛けを羽織り、逃げるように部屋を飛び出した。

何故だか頬が火照ってたまらなかった。

【6】

腰をしっかりと摑まれ、突き上げられるたび、椿の唇から鳴き声が零れた。

上になるときは、自分の重みがかかるぶんだけとても深くまで犯される気がする。硬い楔《くさび》に、身体の中を串刺しにされているような気分だった。

「はぁっ……あぁ……あぁ……っ」

擦りつけるように腰をくねらせる。

奉仕のために乗せられたはずなのに、自分ばかり愉しんでしまっている感じだった。先端の括《くび》れが身体の中の悦《い》いところをぐりぐりと擦り、奥へ挿入《はい》って、一番深いところにまで当たる。

「あ……とど、く……っ」

快感に自分を見失い、半ば無意識に淫《みだ》らな科白を漏らせば、御門は聞いてくる。

「どこに……？」

「奥……っ、奥の……あぁ…っ、そこ……っ」

恥知らずな問いかけにも素直に答え、思いきり背を撓《しな》らせた。

「あぁぁっ……！」

昇りつめ、ぐったりと御門の胸に倒れ込む。

その身体を褥にまた押し倒された。

「ん、もう、……だめ……っ」

朦朧《もうろう》としながらそう言っても、御門はやめてくれない。

そして椿自身、唇を塞がれればつい応えてしまうのだ。翻弄され、やめて欲しくなくなって、一生懸命舌を吸って。

「あ、あ、あぁ……！」

狭いところを開いて無理矢理に押し入られ、押し出されるように声が漏れた。

二回目なんかしたくないのに、抗《あらが》うことができずに背中にしがみついてしまう。重い身体に押し潰されるようにして奥を突かれるのが、たまらなかった。

「あぁっ、あっ……は……っ」

一度では済まないことは多くて、御門とするのはひどく消耗する。

——おまえがせがむからだろう
と、御門は言うけれども。

（せがんでないしっ……）

——口で言わなくても、ここが、ほら
「あっ——」
——こうやって美味《うま》そうに食《は》んで
椿は首を振る。
(ちゃんと、いや、って)
「やぁっ……っん、そこ、や、あっ——」
本気で嫌がっているとはとても思えない喘ぎを零しながら、椿は縋りつくようにその背中に爪を立てていた。

身請け話が出て以来、御門はほとんど毎晩のように登楼してきていた。
そしてそのたびに派手な宴会を開く。いったい、いくらかかっているのかと思う。
(宴会は楽しいけど)
やくざというのはそこまで儲かるものなのだろうか。
(ろくなことで稼いでるんじゃないんだろうな……)
昔、

——株とか？

と聞いたら、それもあるとは言っていたけれども。

（そういえばずっと前、どっかの組の組長が保釈金十億積んだって、見世でも話題になってたことあったっけ……）

そして登楼するたびに抱かれ、重みが気持ちいい、と思うほどに馴染んでしまっている。情が移ったとでもいうのだろうか。最初は演技で悦《よ》がっているつもりなのに、いつしか本気になってしまう。

そんなふうに身も心も馴染んでいくのは嫌なのに。

——悦いだろう？　身請けされれば、これもおまえのものになる
そう言いながら、御門は刺し貫いてくる。

（ならないじゃん）

と、彼の指を見て、椿は思う。

けれど終わったあと御門の腕で休んでいると、他の部屋へ廻るのがひどく億劫《おっくう》になるのだ。以前は平気で身体を離して、別の腕に抱かれに行けたのに。

（身請けされてしまえば、他へ行く必要はなくなる……）

ふとそう思い、慌てて打ち消した。

（何考えてるんだよ。俺は身請けなんてされる気はないんだから……！）

椿は吐息をつき、隣で眠ってしまった御門を起こさないように、そっと褥から這い出した。

まだ泊まりの客が残っているから、顔を出しておかなければならない。

腰から下が重くて、起き上がるのが辛いくらいだったけれども。

(まったく、この男のせいで)

散々なことをするから、と横目で睨み、背中を向けて着物を整える。

「……廻しか?」

ふいに後ろから声をかけられた。

その瞬間、ぽっと頬が熱くなる。先刻までの行為をふと思い出してしまって、妙に気恥ずかしかった。

「……ええ」

背中を向けたまま、椿は答える。

「ご苦労だな」

「売れっ妓ですから」

「へーえ」

「あ、こら……!」

襦袢の裾を後ろから引っ張られ、せっかく前をあわせたのを乱されて、椿は声をあげた。

「悪戯しないでください……！」

けれどそう言う傍《そば》から、帯を奪われる。

「遊ばないでくださいってば……！　また戻ってきますから……！」

「そうもいかねぇんだな、これが」

「え……」

御門は身を起こした。

「……帰るんですか」

「ああ」

答えを聞いた途端、ふと寂しくなる。それを打ち消すように、椿は言った。

「じゃあ送ります」

「廻しがあるんだろう」

「あちらは泊まりだから、少しくらい遅れても大丈夫です」

ふうん、とどこか苦く答える御門を待たせ、椿は手早く着物を整えた。

そして御門の支度を手伝う。シャツの釦《ボタン》を留めてやり、ネクタイを締めてやり、上着を着せかけてやる。

その途中で目があって、なんとなく逸らしてしまった。

すっかり整うと、一緒に部屋を出た。

登楼したのが遅かったから、見世にいた時間はさほどでなくても、すっかり人通りは少なくなっていた。

なんとなく別れがたい感じがするのを、椿は打ち消そうとする。

そういえば、このごろ御門は毎日のように登楼するにはするけれども、あまり長居《ながい》をすることは少なかった。忙しいのか、それとも連日の廓通いを咎《とが》める人がいるのだろうか。

そんなことをふと思って、椿は勝手に不快になる。

「じゃあ……」

大門の傍まで来ると、御門は別れの言葉を言いかけた。

その袖を、椿はつい摑んでしまう。

「どうした？」

「べ……別に、ちょっとよろめいただけです」

はっとして、椿は手を放した。照れ隠しにつんと顔を背ける。

「こういうのも手管のうちか」

と、御門は言った。

「え？」

「このあいだも言ってただろう？　客の袖を摑んで、寂しいとか、またすぐに来てとか」

このあいだというのは、大門の傍で偶然御門に逢って、一緒に登楼したあのときのことだろうか。

「聞いてらしたんですか。悪趣味な……」

椿はふくれる。

「聞こえたのさ」

「そりゃあ……仕事ですから、どのお客様にも言います」

「そうか？　俺は言われたことねーな」

「言っても揶揄うからです」

「揶揄わねえから言ってみろよ」

ほら、と御門は促してくる。そう言われると、色子として拒《こば》む理由は椿にはなくなって
しまい、躊躇いながらも唇を開く。

「もうお別れかと思うと寂しくて……」

眉を寄せて御門を見上げ、瞳をじわりと潤ませる。

「明日もいらしてくださいね」

「ああ」

「……一日でもお会いできなかったら、椿は寂しくて死んでしまいます」

「殺しても死にそうにないけどな」

「また……！」

きっと眦《まなじり》をあげて背中を向けようとする椿の両肩を摑み、引き戻す。

「まあまあ、それから」

「……あなただけは、他のお客様とは違う気がして」

やや皮肉な笑みを浮かべるだけで堪《こら》えていた御門は、ここへきてついに噴き出した。

「ほら、やっぱり……！」

「いや、悪かった」

目を三角にする椿をなだめながら、御門は言った。

「でも嘘とわかっていても気持ちいいもんだな。そういうふうに言われるってのは」

「知りませんっ」

椿は拗ねて、今度こそ背中を向ける。

「それに、他のお客様は気づかないで喜んでくださいます」

「騙されたいのさ。そのために来てるようなもんだからな。でもほどほどにしとかねえと、いつか刺されるぞ」

「まさか」

揶揄ってくる御門に、椿は唇を尖らせる。

「御門様は？」

「俺？」

「全然騙されてないのに、何が楽しくて登楼るんですか」

「俺はけっこうおまえの子供っぽい、見え見えの手管とかも気に入ってるからな」

「なっ……子供っぽい⁉　しかも見え見え⁉」

それで御門はいつも、椿が手管を遣おうとするたびに噴き出すのだろうか。

むっと頬を膨らませる椿を見て、御門は笑った。

「変なの。見え見えなのが楽しいなんて。本当は、手管はそれとわからせずに遣うから価値のあるものなのに」

「まあな」

つんとして言う椿に、御門は答える。

「俺は最初からおまえに憎まれてるのを承知で来てるから」

「そんなこと承知のうえで、何故登楼るんですか。玩具なら他にもいくらでもいるでしょうに」

ますます不可解だった。

（そりゃ、最初から不可解だったけど）

「まーな。だが」

と、御門は覗き込んでくる。

「最近はそう嫌いでもないだろう？」

どきりと心臓が音を立てた。さっと頬が火照るのを感じて、椿はまた顔を背けた。

「知りません！」

そもそも好悪の問題なら気持ちが変わることもあるかもしれないが、椿が抱いているのは恨みなのだ。そう簡単に消えてなくなるわけではない。

ふいに御門の声が降ってきた。

「俺は好きだけどな」

「え」

椿は思わず顔をあげてしまった。

そのときだった。

ふいに近くの店の脇から、一人の男が飛び出してきた。

彼の顔を見た瞬間、椿にはそれが誰だかわかった。

「田沢《たざわ》様……!?」

思わず名前を叫ぶ。

田沢は少し前まで椿の上客の一人だったが、先日破産して、花降楼に登楼することはできなくなったはずだった。

「どうして……」

椿は言いかけて、はっと息を飲んだ。

その手許がきらりと光ったからだった。彼は出刃包丁《でばぼうちょう》のようなものを手に握り締めていたのだった。

彼はそれを腹のあたりで構え、声をあげながら椿に向けて突進してきた。

椿は悲鳴をあげた。とっさに立ち尽くし、動くことができなかった。

「椿……!!」

御門が自分の名を呼ぶのが聞こえた。手を掴まれたかと思うと、御門の背にかばわれる。

田沢は止まることができず、そのまま御門の腹に突っ込もうとした。

「御門様っ……!!」

椿は思わず叫んだ。

次の瞬間、御門は向かってきた男を軽く避《よ》け、その手首を掴んでいた。そして動きを封じ、腹を蹴り上げる。

「ぐっ……!」

田沢は呻《うめ》き、一発で道に倒れ込んだ。

御門はその手を容赦なく踏みつけ、包丁を取り上げた。

その手際のよさは、踏んだ場数の違いなのだろう。そして勿論、圧倒的な力の差でもあった。

いつもは飄々《ひょうひょう》としていても、たしかにこの男はやくざなのだ。御門の手の中にある刃物の光は禍々《まがまが》しく、見ていると背筋が冷たくなった。

「——客か？」

と、御門は椿に聞いてきた。

「元客です」

そう答えた声は、情けないがわずかに掠《かす》れていた。

御門は唇で笑った。

「さすがに怖かったか？」

「別に怖くなんか……！」

ないわけがなかった。御門がかばってくれなければ、あれで刺されるところだったのだ。

だが、素直に認めるのはいやだった。

御門は田沢を見下ろした。

「どうしてこんなことをした？」

「……っ……椿が悪いんだ……!!　椿が俺を裏切ったから……っ！　一生俺を愛してるって誓ったくせに……！」

「馬鹿じゃねえのか」

必死で言い募る男を、御門は足蹴《あしげ》にする。

「閨《ねや》のことを真《ま》に受けてどうするんだよ」

娼妓の言うことを信じるほうが馬鹿――御門の言うことはもっともだった。

なのに、椿の胸は小さく痛む。

だったら御門も椿の言うことを信じていないのだろうか。御門が口にする言葉も嘘なのだろうか。

そう思うと、何故だかひどく苦しかった。

「椿に刃物を向けた落とし前、どうつけさせてやるかな？」

と、御門は言った。

「腕の一本も砕《くだ》いて、二度とこんな物騒なもん振りまわせないようにしてやるか、それとも小指でも落とすか……」

田沢が息を飲む気配が伝わってくる。

「ちょっ……もういいから……！」

何の躊躇いもなく本気でやりそうな御門を、椿は慌てて止めた。

偽《いつわ》りの愛を語るのは花街では当たり前のこと、悪いことをしたとは思わないが、真に受けた客をそこまで痛めつけたいわけではなかった。

「もういいから、離してあげて……！」

「ま、ちったぁ自業自得もあるもんな」

椿に向けて言い、御門は笑った。

「な……」

椿が抗議しかけるのも聞かずに、また田沢を見下ろす。

「次があると思うなよ？　もしまた椿を狙うような真似しやがったら、今日の分も含めてきっちり落とし前つけさせるからな」

そしてようやく踏みつけていた脚を離す。

田沢は転がるように走り出し、大門から飛び出していった。

後ろ姿を見送りながら、御門は言った。

「ずいぶんつれないことしたみてぇじゃねーか」

その口調は冗談めかしてはいたが、椿は神経を逆撫《さかな》でされたような気がした。

「そんなこと……！　色子の言ったことを真に受ける方が馬鹿だって、あなただって今言ったじゃないですか……！」

「まあな」

煙草を咥えながら、飄々と御門は答える。

ますます椿は苛立った。

「そもそも、そういう世界に俺を放り込んだのはあなたなのに、俺のこと、一度は売り飛ばしておいて、今ごろになって身請けしようなんて……っ、何考えてるのかぜんぜんわかんない‼」

「椿……？」

おそらく御門からは唐突《とうとつ》に見えただろう激昂《げっこう》に、御門は怪訝《けげん》そうな顔を向けてくる。

椿はいたたまれず、目を逸らした。

「奥さんがいるのに、俺のことどうするつもりなんですか？　妾宅《しょうたく》でも買って囲うんですか⁉」

「奥さん――？」

御門の問いかけに、椿は彼の指へと視線を落とす。

「その、指輪」

御門もまた自分の左手を見る。そして微かな笑みを浮かべた。

「これか。……気になるか？」

「別にっ……そういうわけじゃ」

その言葉に被《かぶ》せるように、御門は言った。

「妻は死んだよ。もう五年以上前になる」

「えっ……？」

椿は顔をあげた。

（亡くなってる？）

「ほ――ほんとに？」

「ああ」

しかもずいぶん前——五年ということは、椿と御門が初めて出会ったあのすぐ二年後ということになる。

そういえば、御門が馴染みになったあとも、妻がいるという話は見世からも誰からも聞かされたことがなかったけれども。

大見世なら客のことはある程度把握しているはずだから、おそらく鷹村は、御門が妻と死別していることくらいは知っていただろう。もし妻が存命だったのなら、その点気を遣うようにと注意があっても不思議はなかったが、しかしそれはなかった、と椿は記憶を手繰《たぐ》った。

いや——もしかしたら水揚げの前に何か聞いていたのだろうか？　あのときは相手が大嫌いなやくざだということにばかり気をとられて、その他のことはほとんど耳に入ってこなかったような記憶がある。

御門と再会したとき、六年前とは何故だかずいぶん雰囲気が変わった気がしたことを、椿は思い出す。

それは妻を亡くしたせいだったのだ、と今は苦く思い当たった。

（……愛してたんだ）

あの時点で、妻の死から四年たっていたことになる。それでも消えないほどの影を、彼女の死は御門にあたえたのだ。

椿はずきずきと胸が痛むのを感じた。

「もともと身体が丈夫なほうじゃなかったんだけどな。風邪から肺炎を起こして、あっけなく……」

御門はわずかに遠く目を眇《すが》める。

「……ともかく、もう何年も前に死んでる女だ。おまえが気にすることはない」

けれど椿は思わず叫んでいた。

「だったらなんで今でも結婚指輪なんかしてるんですか……!?」

こんなことなら、生きていてくれたほうがましだった。毎日廓通いするほど妻と気持ちが離れているというなら、そのほうがよかった。

「これはただ……きつくて抜けなくなってるだけだ。深い意味なんてない」

なんでもないのだと御門は答える。

「嘘……!」

それは嘘だと椿は思った。納得できなかった。ただそれだけのことで五年以上も嵌めたままにしておくだろうか？　そんなわけがないと思った。

「それだけじゃないでしょう!?　それだけ気持ちが残ってるってことでしょう……!?」

口を突いて出た自分の言葉に、椿は愕然とした。

（俺……嫉妬してる……！）

それは今までだって薄々感じていたことではあった。

けれど死んだ人間でさえゆるせない自分の気持ちを突きつけられて、もう否定することができない。

「椿……」

驚いたように伸ばしてくる御門の手から、椿は逃げる。

（この人のことが好きなんだ）

そしてそのままきびすを返し、もと来た道を駆け戻った。

【7】

（あれから来ない……）

椿は格子《こうし》につく気分にもなれず、部屋でぼんやりと頬杖《ほおづえ》をついていた。

どうせ予約の客もあるし、張り見世は休んでしまおう、と勝手に決め込む。鷹村に見つかったら叱られるかもしれないけれども。

ずっと登楼を続けていた御門は、大門の前で喧嘩をした日から、姿を見せなくなっていた。

あれくらいのことを気にするような男じゃないし、翌日にはまた飄々とやって来るだろうと思っていたのに。

（……って言ってもまだ三日四日だけど）

それでも御門に逢えなくて寂しいと思う気持ちを、椿は否定することができない。

しばらく毎晩のように顔を見ていたから、一夜でも逢えないと物足りないのかもしれない。

なのに、御門はそうではないのだろうか。

（怒ってるのかな……。俺のこと、嫌いになったとか）

そういうこともありうるかも……と心が弱る。

ひどいことを言ってしまったし、そのまえにはたくさん我《わ》が儘《まま》もした。客に恨まれている姿も見せたし、せっかく申し出てくれた身請けの話も断ったりして。

もし、これっきり来なくなったらという不安を、椿は何度も打ち消す。

（ありえないから……！　身請け話まで持ち出しておいて、捨てるなんて）

そして捨てる、という自分で思った言葉にまたぎくりとした。

（……捨てられたらどうしよう。もう二度と来てくれなくなったら。そんなことはないはずだけど、もし……）

次に御門が登楼したら、身請けを承知してしまおうか、と思う。

御門にいくら大切に思っている女がいても、相手は亡くなった人なのだ。生きている中で一番に思ってもらえたら、別に彼女の次でもかまわないじゃないか？

（でも……）

やはり踏ん切りはつかない。

そしてまた椿には、気持ちの問題という以上に心配していることもあった。

登楼して来ない御門が気になって、椿はさりげなく、彼を直接間接に知っていそうな客に話を振ってみたのだ。

今のところさほど詳しい相手には行き当たっていないが、一義会のことでいくらかはわかったこともあった。

一義会の会長の病状は、退院したとはいえ、あまりいい状態ではないという。

そして会長に万一のことがあった場合、跡目を継ぐ有力候補は二人。そのうちの一人が若頭である御門だというのだった。

しかし会長には、実の息子もいるらしい。評判は芳《かんば》しくなく、彼に決まれば納得しない幹部は多いだろうとはいうが、彼もまた有力候補であることは間違いなかった。

（もし今度こそ、抗争になったりしたら）

気持ちの不安とは別に、椿は彼の身が心配だった。

（次の紋日も近いし、さりげなく手紙でも書いてようすを窺《うかが》ってみようか……）

そんなことを考えていたそのときだった。

ふいに座敷の襖が開いた。

物思いに沈んでいた椿は、はっと顔をあげた。

廊下に立ち、腕を組んでぐるりと座敷の中を見まわしていたのは、綺蝶だった。

「何度見ても物凄ぇ部屋だなぁ」

揶揄するように言われ、椿はもともと斜めだった機嫌をますます悪くする。

「うるさいな。別にいいじゃんか。お客様には受けてるんだから」

「へー。そうなんだ」

「おかげさまで、大評判です」

そう言って、嫌味たっぷりににっこりと笑ってみせる。

「そりゃ商売繁盛で羨ましい限り」

綺蝶もまた微笑い返してくる。

端《はた》で見ていたらどれほど寒い情景だろうかとは思うが、座敷目当てに椿の客が増えたのは事実ではあった。

それに新しい客ばかりでなく、既に馴染みになっている客も争って本部屋に上がろうとしてくれる。客が重なったとき本部屋へ通されるのは上客順だが、同程度の客ならその日の花代次第だから、つまりは争って大金を積んでくれるようになったのだ。

「で、何か？」

今日は綺蝶と一緒の座敷の予約が入っているはずだが、身支度はできているし、まだ時間には少々余裕があるはずだった。

だが、椿のそんな言葉を、綺蝶は聞いていない。

「おまえ、今月はけっこう頑張ってるじゃん。このぶんだったら、ひょっとしたらお職とれるかもな」

「おかげさまで」

椿はにっこりと嫌みを込めて笑ってみせる。この綺蝶からお職を奪えるのかと思うと、やっぱりかなりの快感だった。

「いやいや」

綺蝶も負けずに笑い返してくる。

「で、どーすんの？」

「何が？」

「お職とれたら、ほんとに身請けされんの？」

「！　そんな話、なんで知って……！」

椿は卓袱台《ちゃぶだい》に両手を突き、思わず立ち上がりそうになった。

「蛇《じゃ》の道は蛇《へび》ってね――」

綺蝶はからからと笑う。

「で、どうよ」

「別に俺はそんなこと、一言も……っ」

「へー。お職ぐらいじゃ安いってか。さすがだねえ、椿ちゃんは。じゃあいったいいくらだったら承知するんだよ？　大門打ちとか？」

畳みかけるように綺蝶は聞いてくる。

大門打ちとは、吉原の大門を閉め切り、すべての娼妓を買い切ることを言う。江戸時代に紀伊国屋文左衛門《きのくにやぶんざえもん》など、ほんの数人だけがやったことのある大尽遊びであり、今の吉原が復活してからは、勿論誰もやったことがなかった。

「まさか。そんなこと、できるわけないだろ」

「そうかな」

「あたりまえだっての」

「じゃあ、できたら?」

どこか挑発的な艶《あで》やかさで綺蝶は笑う。

あまりにも馬鹿馬鹿しくて、乗せられているのは承知で椿は答えた。

「そんなことができたら、身請けでも土下座《どげざ》でも何でもやってやるよ……!」

「――だってさ! 旦那」

綺蝶はふいに廊下の向こうを振り向いた。

「えっ――?」

襖が更に大きく開かれる。

そして綺蝶の後ろから姿を現したのは、御門だったのだ。

あまり時間がないという御門をそのまま座敷に通し、二人きりになった。

隣に座り、椿はなんとなく気まずくうつむいて酌《しゃく》をする。

その盃を干す御門の指には、指輪がなかった。

気がついて、椿ははっとする。

「外した」

と、視線に気づいたのか、御門は言った。椿は見ていたことを知られたのが恥ずかしく、頬が熱くなるのを感じる。

「……外れないんじゃなかったんですか」

「器具使って切ったんだ」

「切った……!? 大事なものじゃなかったんですか!?」

「おまえが妬《や》くから」

「ばっ……」

妬いてません、と言うのも、自覚したあとでは白々《しらじら》しく思え、椿はまた黙り込む。

妻の死後も五年間もずっと嵌めていた指輪を自分のために、しかも切り取ってまで外してくれたことが嬉しく、けれどとても辛いことをさせたのではないかと思うと胸が痛かった。

「……どうしてそんなに俺を身請けしたいんですか」

どうしたらいいかわからず、椿はぼそりと呟いた。

「俺の妻は、一義会会長の娘だったんだ」

と、御門はふいに言った。

椿は思わず顔をあげた。

「えっ……？」

では御門が跡目の有力候補だというのは、実力的なものばかりではなく、現会長の義理の息子だという続柄《つづきがら》的な意味も含んでいたのだろうか。

「……俺も昔は貧しくて、な。おまえの家があったあのあたり……あれと似たようなところで生まれて育ったんだ。両親も似たようなもんだった。アル中で殴るわ蹴るわ……あの頃はただあそこから抜け出したくて、無鉄砲に暴れまわってたな。傷害やら何やらで捕まったこともあるし、荒れてたし、飢えてるみたいに金も地位も欲しかった。そのうちその界隈《かいわい》で名前を知られるようになって……今の親父に拾われた」

「御門様……」

そういえば最初に出会ったあの日、車から降りた御門はどこか遠い目であたりを見渡してはいなかっただろうか。

御門が自分のこと――しかも自分の生い立ちのことを話してくれるのは、これが初めてだった。

椿はいつのまにか顔をあげ、じっと彼を見つめていた。

「……そのあとも、自棄《やけ》みたいに無茶やって一義会の中で出世して。ある日親父に、娘をもらわないかと言われた」

「……」

「その頃は、恭和《やすかず》――親父の息子のほうだが、こいつがけっこう俺に懐《なつ》いてたんだ。親父は恭和のことを不肖《ふしょう》の息子だと言ってて、……実際、一義会を纏《まと》めていくにはどう見ても危なっかしくはあったんだがな。だから俺に美和子《みわこ》と結婚して、義兄として恭和を支えてやってくれ、と親父は頼んできたんだ。……それで結婚した。結局、恭和とはそのあとのほうが上手くいかなくなったんだが……」

会長は御門に息子の補佐をさせるつもりだったようだが、彼は逆に跡目を奪われるのではないかと思い、御門を警戒するようになったのだ。

御門の妻が生きていて、あいだに立っていたうちはまだよかったが、彼女が若くして死んでしまうと不仲は決定的になった。

「彼女との結婚は、俺にとっては出世目当てみたいなもんだったんだ。どうせするなら、一義会会長の娘は相手にとって不足はなかった。病弱な娘で子供は無理かもしれないと言われたが、別にかまわなかった。……でも、ほとんど初対面同然で式を挙《あ》げたつもりだったのに、向こうは俺のことをけっこうよく知ってたな」

会長の家によく出入りしていた御門を、彼女は自分の寝室の窓からいつも見ていたのだという。

――一目惚《ひとめぼ》れだったの
と、結婚してから打ち明けられたと御門は言った。

彼女は父親から縁談を打診《だしん》され、二つ返事で承知したらしい。御門のこの顔なら、十分にあり得る話だった。

「俺には、妻というより妹みたいに感じられてたが……」

「妹……」

「親父は病弱な美和子のことを不憫《ふびん》に思って、ずいぶん可愛がって育てたらしくてな。やくざの娘とは思えないような優しい女だったんだ。恋愛じみた感情はなかったが、それでも家庭を持って、一緒に暮らすようになって……俺は初めて家に帰るのが楽しいと思った。これが家族かと思って……」

御門は苦く笑った。

「すぐに終わってしまったが」

「御門様……」

じわりと目の奥が痛くなるのを椿は感じた。

彼女はたぶん、それまでに彼が触れたただ一つの温かいものだったのだろうか。それを失う痛みが、今の椿にはわかる。

彼女を亡くした御門の思いは、母親を亡くしたときの自分の思いと同じものだ。いや、離れて何年もたっていた自分より、目の前にあった存在を奪われた彼のほうが、もっと辛かったかもしれない。

彼が可哀想でならなかった。

指輪を切らせたことが、改めて申し訳なく思えてたまらなかった。

「……それから一義会の若頭になって、自分の組もつくって、掃《は》いて捨てるほど金もできたし、金で手に入る物はなんでも手に入れたが、なんだか虚《むな》しくてな。そんなときにおまえの写真を見たんだ」

「え……」

急に出てきた自分の名前に、椿はどきりとした。

「自分でもよく顔を覚えてたもんだと思うけどな。ただ綺麗なだけじゃなくて、一本芯が通ってる感じがしたんだ。そういうの、吉原では『張りがある』って言うんだろう。この妓があのときの気の強かった子供か、と思ったら、会ってみたくなった。そういうふうに何かに興味を持ったのは、本当にひさしぶりだったんだ。……そして実際会ったら昔のまんまで活《い》きがよくて」

御門は当時を思い出したように笑った。

椿は初めて思い至る。

御門はよく椿のことを、殺しても死ななそうだと言った。その言葉の重みと、彼女の死が彼にあたえた痛みに。

二度と同じ思いはしたくないだろう彼にとって、椿の生命力に溢れ、ぎらぎらしたところは、癒《いや》しにもなっていたのだろうか。

「馴染みになって通うようになって、元気なおまえを見てるのが楽しかった。なんとなく、上を目指《めざ》してた頃の自分を思い出すような気もしてたのかもな。そういうおまえのぎらぎらしたところに惚れてたから、ずっと客と色子のままでいてもいいと思ってたが……」

「え、ちょっ……」

さらりと言われた「惚れてた」という言葉を椿は質《ただ》そうとしたけれども、御門は先を続ける。

「だが母親を亡くして泣くおまえを見てるうちに、思ったんだ。同じ思いをした者同士、一緒になれないかと」

「一緒に、なる……？」

囲うんじゃなくて？

「ああ」

御門は頷いた。

「今さら指輪に意味なんて、本当にないつもりだったけどな。おまえに言われて初めて気がついた。あの頃が懐かしくて、外せなかった部分があったのかもしれないと……。でも、もう振り返るのはやめた。——大門は打ってやる。それで俺のところに来い」

椿は目を剝《む》きそうになった。

「お……大門を打つって……っ、まさか本気じゃ」

「本気に決まってるだろ」

さらりと御門は言う。

「うちの姐になれ」

「あ……姐って」

その科白に狼狽《うろた》える椿に、彼は笑った。

「おまえはやくざに向いてる。前にもそう言っただろう」

「やくざなんて嫌いだとも言いました……！」

「じゃあ、俺のことは？」

御門は覗き込んでくる。

「俺のことも嫌いか」

「え……あ、あの……」

嫌いです、ともう今までみたいには言えなかった。

自分を売り飛ばした張本人だという恨みが消えたわけではなかったが、その思いにも、既にあまり強さはない。

御門は言った。

「俺は好きだ」

その途端、椿はふいにぼろぼろと涙が溢れ出すのを感じた。

ずっと御門のこの言葉を待っていたのだと、ようやくわかった気がした。すべての拘《こだわ》りを解く言葉だった。

「好き……好きです……！」

椿はその気持ちを唇にのせ、御門の胸に飛び込んだ。

傍にいて、御門の慰めになりたかった。たとえ彼の気持ちが永遠に続かなくても、それでもかまわないから。

泣きじゃくる椿の背中を、御門は包むように強く抱き締めてきた。


最初から時間がないとは言っていたものの、組から呼び出しの電話があり、早々に御門は帰っていった。

御門を大門まで送り、戻ってくれれば、今日の仕事が待っている。

身請けされることが決まったとはいえ、最後までいい加減なことはしたくなかった。

とはいうものの、宴会がはじまっても、椿はなかなか身が入らなかったのだけれど。

いけないと思うのに、御門のことばかり考えて気持ちが逸れてしまう。こんなことは色子になって初めてのことだった。

(一緒になろうって……)

(俺のこと、好きだって)

——大門は打ってやる。それで俺のところに来い
(本気かな？　大門を打つなんて)

椿は半信半疑だった。

というより、すべてが夢うつつだったのかもしれない。

——落ち着いたら、すぐに見世に身請けの話をするから
御門は大門で別れるとき、寂しがる椿の頰を撫でながらそう言った。

(落ち着いたら、っていうのは、一義会のほうが落ち着いたら、って意味かな……？)

ぼんやりと椿は考える。

そういえば、一義会がどうなっているのか彼に聞くつもりだったのに、聞きそびれたま

まになっていた。

(大丈夫なんだろうか)

「え……?」

そのときふと耳を過ぎった言葉に、椿ははっとした。

今日の予約は椿の客である芸能社の社長と、その口利きで登楼った綺蝶の初会の客だった。

椿と椿の客、綺蝶と新しい客、それに芸者や禿などで宴がもたれていた。

(いけない……ちゃんと仕事に集中しなきゃ)

自分を叱咤《しった》し、顔をあげれば、椿の客の芸能社社長が、今日の初会の客について紹介してくれているところだった。

新しい客は、顔立ちはまずまず整ってはいるが、どこか崩れた感じの派手なスーツを纏った男だった。堅気《かたぎ》ではなさそうだ、と椿は思う。

社長は彼の肩を抱くようにして言った。

「こちらは一義会の会長代行を務めておられる一倉《いちくら》恭和様だ。とても偉いお方なんだよ」

「えっ……!?」

椿は思わず目を見開き、声をたてていた。

(一義会の会長代行って……もしかして、御門様の義弟なんじゃ)

恭和という名前にも、そういえば聞き覚えがあった。

そんな男が御門と同じ見世に登楼するなんて。

御門が通っていることを知っていて来たのか、知らずに来たのか——そんな偶然があるのだろうか。

(でも偶然じゃないとしたら、いったいどういう……)

「偉い人なんでびっくりしたかな？」

と、言葉を失う椿を社長が覗き込んでくる。

椿はむしろ、一義会会長代行などという肩書きの割にはどこか重みのない、ちんぴらのような姿に驚いたのだけれども。

「もうじき代行もとれるんだけどね」

「いやいや、それはまだ」

などと二人は笑い合う。

もうじき代行がとれるとはいったいどういう意味なのだろう。不吉《ふきつ》な予感に椿は眉を寄せた。

「この妓の名前は？」

けれどふいに尋ねられ、椿の思考は中断されてしまう。

「椿です」

椿は顔をあげ、名を答えた。

「この妓はなかなかいいところの出なんですよ。大きな商家の生まれで、家が没落《ぼつらく》したので売られてきたそうなのですが」

と、社長が紹介するのは、椿が適当にでっちあげた嘘の身の上話だ。

ふと見れば、綺蝶がこっそり唇で笑っていた。

(嘘で悪いかよ)

少しも悪くないじゃん、と思いながら、椿はつんと顎をあげる。

綺蝶は軽く噴き出した。

(初会のくせにっ)

傾城は、初会では口も聞かず、笑ってもいけないことになっている。客は三度通って馴染みにならなければ、笑顔も拝《おが》めないし同衾《どうきん》もできない。それが大見世のしきたりのはずなのだが。

「うん……？」

怪訝そうな声に、椿は客のほうへと視線を戻した。

初会の客、一倉恭和が、椿のことを見つめていた。

「あ……あの、何か……？」

「なーんかこの顔に見覚えがあるような気がすんだよな」

「え……」

椿のほうでは少しも心当たりがなく、首を傾げる。

彼のことは、話には聞いていたけれども、初対面のはずだった。それとも娑婆《しゃば》にいた頃に顔をあわせたことがあっただろうか。

「思い出した！」

と、恭和は言った。

「昔ちょっと世話してた女に似てるんだ。こっちのほうが、男でもだいぶ綺麗だけどな」

「ほほう……昔の女ですか。そのお話をぜひ」

社長はずっと年下の恭和に、媚《こ》びるようなことを言う。

彼に取り入りたいのだろうか。芸能界と暴力団には、深い繋がりがある場合も少なくないとはいうけれども。

「俺の女ってわけじゃねーよ」

持ち上げられるのが満更《まんざら》でもないように、恭和はにやにやと笑った。

「その女、昔は売れっ子のホステスだったらしいんだが、悪いヒモがいてな。そのヒモがうちのちんぴらだったんだが、ヤクを横流しして組にえらい迷惑かけてくれやがってよ、その埋め合わせに、てめぇの妻子を差し出してきやがったんだよ」

「え……」

どこかで聞いたような話だった。

椿はつい真剣に耳を傾ける。

「妻子？　ってことは親子どんぶりですか？」

「いやいや」

恭和は首を振った。

「俺は大事な用があって行けなかったんで、舎弟たちにそいつん家《ち》に踏み込ませたんだよ。そしたら、そこにたまたまうちの義理の兄貴が来合わせて、勝手に子供のほうの売り先を決めちまったんだよ。まあ高く売れたし？　子供は男の子だったって言うから、いいかと思ってそのままにしといたんだが、今思えば犯《や》っとけばよかったかもな。親子どんぶりなんて、やっぱそうそうできる機会はねえもんな」

そう言って二人は馬鹿笑いをする。

椿は膝の上で、破れそうなほど強く袂《たもと》を握り締めていた。

椿の家の話に間違いなかった。

そして父が自分たち母子を差し出した相手は、御門ではなくこの男だったのだ。家に踏み込んできたちんぴらたちを動かしていたのは、この男だった。

御門はたまたまあの場に居合わせただけだった。そしてその御門が、母を救い、自分を救ってくれた……？

（だったら……俺がずっとあの人を恨んできたのは）

その事実は、椿にとってあまりに大きな衝撃だった。

全身が震えるようだった。

「じゃあ、その妻のほうは？」

社長のその言葉で、椿ははっと我に返った。

（そうだ……母さんは？）

事故死したとはいえ、自由の身になれていたはずではなかったのか。世話をしていたとはどういう意味なのだろう。

「子供が高く売れたから親のほうは勘弁してやってくれってその義理の兄貴が頭を下げて頼みやがるもんだからよ、まあ滅多にないことだし？　優しい俺様は親のほうは許してやったのよ。……とはいえ、せっかく女がいるのにほっとくのも勿体《もったい》ねーだろ」

「そりゃそうですな」

「ヒモのほうも、いくら妻子を差し出したって言ったって、それで許しちゃ一義会の名が廃《すた》るってもんだしな。落とし前つけさせて……」

「というと？」

「ま、暗くて冷たいとこへね」

椿は息を飲んだ。

つまりは妻子を差し出させたうえに殺したということか。

（なんてことを……）

父親のことは嫌いだったし、自業自得だとも思う。だが、殺されたと聞けばやはり動揺せずにはいられなかった。

言葉を失う椿に気づきもせずに、男たちは話を続ける。

「で、ヒモもいなくなって、一人になって女も困ってるだろうし——ってことで、しばらく若いのの相手させるのに飼ってたんだよ。俺も何回か試したけど、そう悪くはなかったぜ。でもその女、薬でちょっとおかしくなってたからな、ある日ふらふらっと家から出ていったかと思ったら、車に轢《ひ》かれて死んじまったらしい。ま、始末に困ってたからちょうどよかったけどな」

そう言って、恭和は大声で笑った。

椿は袂を握り締めたまま、怒りで目も眩《くら》みそうだった。あまりの衝撃に、ぴくりとも動けなかった。

「そういや、あいつが子供を売り飛ばした先って男遊廓だったような気がすんだよな。もしかしておまえ、あんときの子供か？」

悲憤《ふふん》のあまり蒼《あお》ざめる椿の顎を恭和は持ち上げてきた。

そしてしげしげと顔を眺める。

否定しない椿に、彼は確信を持ったようだった。

「なるほどねえ。大きな商家の出っていうのは嘘八百なわけか。ま、傾城に誠《まこと》なしって昔から言うもんな。かまわねーが、男だって聞いてあいつの言うとおりに売っぱらって失敗したかな。これなら売る前に一回くらいやっときゃよかったぜ」

突き上げる嫌悪感に、椿は思いきりその手を振り払った。そして目の前の高坏《たかつき》を、恭和に向けてひっくり返す。

「うわ……!! 何だよ、いきなり……!!」

叫んで飛び退《の》く男の襟首《えりくび》を掴み、殴りかかった。

振り払われそうになりながら拳《こぶし》を振りまわし、脚で蹴り上げようとする。けれど逆に蹴飛ばされ、畳に倒れた。

椿は傍にあった銚子を掴み、再び起き上がって男の頭に振り下ろそうとする。

その瞬間、後ろから引きはがされた。

「綺蝶……! 離せよっっ!!」

「馬鹿、こんなとこで客に手ぇ出したら……」

「いいから離せってば……!!」

「だっ、誰か……!!」

呆然としていた社長がようやく正気に返り、大声で叫ぶ。

それが届いたにしてはあまりにも早く、襖が開いた。

不穏な空気が流れはじめたところで、綺蝶が呼んでおいたものだろうか。だがそれも、今の椿にとってはありがた迷惑だった。

「椿……!!　何をやってるんです!!」

鷹村の声が響く。

「だって……っ」

「黙りなさい!!」

鷹村が、一緒に来た番頭たちに顎で合図する。

彼らは綺蝶の手から強引に椿を引き取り、それでも暴れる椿の腹に拳を叩き込んだ。

息が詰まり、意識が遠のく。

「頭が冷えるまで、座敷牢《ざしきろう》にでも閉じこめておきなさい」

鷹村の命じる声が、遠く聞こえた。

【8】

――いったいなんだってあんな真似を……あなたらしくもない
鷹村にそう聞かれても、椿は答えることができなかった。

言いたくなかったのか、上手く説明できなかったからなのか、自分でもよくわからなかった。

言えば情状は酌量《しゃくりょう》されたのかもしれなかったけれども、結局椿は折檻《せっかん》され、そのまま座敷牢に閉じこめられることになった。

何度も尻を割竹《わりだけ》で叩かれ、食べるものも食べさせてもらえないまま数日を暮らした。

辛かったけれど、ゆっくりと冷静になることができたという意味では、却ってよかったのかもしれない。

(俺を売ったのは御門様じゃなかった)

椿は座敷牢の床に転がり、高窓から見える月を見ながら考える。

(あの一倉恭和って男が)

そして自分を売り飛ばしたこと以上にゆるせなかったのは、母親のことだった。

騙すようなかたちで父親を海に沈めたこともだが、それによって頼る者をなくした彼女を、あの男はいいように使ったのだ。

母親を助けるために椿が身代わりになろうとしたことは、全然逆効果だった。

（こんなことなら、場末《ばすえ》のソープに売られたほうがまだましだったかも）

そう思うと涙が溢れて止まらなかった。

母親が死んだと知ったとき涸《か》れるほど泣いたはずだったのに、まだ全然涸れてなどいなかったのだ。

（御門様にも謝らないと……）

椿はずっと、あの日踏み込んできたちんぴらたちは、御門の指示のもとに動いていたのだとばかり思っていた。

けれどよくよく思い出してみれば、椿の家へ来た御門は、たしかに誰かを訪ねてきたような口振りではあったのだ。

あのときは深く考えなかったけれど、その相手がちんぴらたちの直接の兄貴分であり、御門の義弟でもあった一倉恭和だったのかもしれない。

（御門様も、誤解だって言ってくれればよかったのに）

憎まれるのを承知で、どうして黙っていたんだろう？

椿はたまらなく彼に会いたかった。

椿が座敷牢から出してもらえたのは、それから数日が過ぎ、御門が登楼してからやっとのことだった。

一通りの仕置きが済み、上客が登楼すれば、さすがにこれ以上謹慎《きんしん》させておいても意味がないという判断に達したようだった。

椿は湯を浴びて仕掛けを纏い、綺麗に支度を整えて自分の座敷へ戻った。見世はまだ賑やかな時間だった。

「椿です。遅くなりました」

襖の前で手を突き、声をかけて襖を開ける。

顔をあげると、名代の新造を相手に飲んでいた御門と目があった。

それだけで頬が火照った。ほんの数日会わなかっただけなのに、ひどく懐かしい気がした。

入れ替わりに新造が部屋を後にする。

「あ……」

何か言おうとして、なんと言ったらいいかわからずに、椿は口ごもった。

そのときだった。

「椿……！」

御門が叫んだ。その視線は椿のすぐ背後に向けられている。振り返ろうとした瞬間、椿はいきなり背中から羽交《はが》い締《じ》めにされていた。

首筋に短刀を突きつけられる。

無理をして少しだけ目を向ければ、堅気とは思えない風体《ふうてい》の男だった。

その後ろから、一倉恭和が姿を現した。

「騒ぐな。騒いだらこいつを殺す」

恭和は御門に言った。手には日本刀を持っていた。

表から登楼したのではないことは明らかだった。そんなものを持って入れるはずがなかった。どこかから忍び込んだのだ。

偶然にしてはできすぎていると思った前回の登楼もまた、偶然ではなかったのだろう。

おそらく彼らは、御門を襲撃するための下見が目的で登楼したのではなかったか。

刀身《とうしん》が鞘《さや》から抜かれる。その刀が弾《はじ》く光に、椿はぞっと息を飲んだ。

恭和はそれを御門に向けて構えた。

「おまえだけはこの手で殺してやらねえと気がすまねーんだよ……!!」

「おまえにそこまで恨まれることをしたとも思えねえがな」

「うるさい……!!」

飄々と答える御門に、恭和は声を荒げた。

「おまえが姉貴と結婚する前から、俺はずっとおまえと比べられてきたんだ！　このうえ一義会の跡目まで持ってかれてたまるか……!!」

「なるほど。それで俺を始末して自分が跡目を継ごうってわけか。だがこんなとこで人殺しなんかしたら、あっというまに捕まるぜ」

「何、身代わりに刑務所行くやつぐらい決まってんだよ……！　下手な証人になりそうなやつは、全員ぶち殺して口を塞ぐまでよ」

椿を拘束している男が、ますます強く短刀を押し当ててくる。

「こいつに惚れて通ってんだろ？　死ぬところを見たくなかったら、そこに座っててめえでてめえの手ぇ縛れ！」

恭和は自分のネクタイを引き抜いて、御門に投げた。

「だめ……！　そんなことしたら」

椿は叫んだが、その途端、切っ先が頬に食い込みそうになる。

御門は膝を突いた。

ネクタイを拾い、口を使って自分の両手首を縛る。

「よし、これで手出しはできねーな……！」

恭和は哄笑《こうしょう》した。

そして日本刀を振り上げ、そのまま振り下ろす。

次の瞬間、血しぶきがあがった。

御門はぐらりと前に傾ぐ。

「御門様……!!」

椿は叫んだ。駆け寄ろうとしたが、しっかりと捕まえられたままで、できなかった。

彼が死んでしまったのではないかと思うと、気が狂いそうだった。椿は彼の名を何度も呼び続けた。

やがて御門はゆっくりと上体を起こし、目を開けた。

「御門様……っ」

椿はほっと息を吐いた。

抵抗できない御門を嬲《なぶ》るつもりなのか、恭和は急所を斬《き》ったわけではないようだった。

人質《ひとじち》に取られ、御門の動きを封じてしまう自分が、椿は腹立たしくてならなかった。

（なんとか……なんとかしなきゃ）

御門は薄く笑った
「卑怯《ひきょう》だな。丸腰の相手に日本刀振りまわすだけでも情けねえのに、人質とって、そのうえに手首を縛れか」

「なんだと……⁉」

卑怯だと言われ、「やくざだから」と返せる度量は恭和にはない。

激昂する彼を、御門は更に煽《あお》る。

「そんなに俺が怖いか。この腰抜けが」

「貴様……‼　黙れ‼　黙らねえと……」

「そこのおまえ」

御門はちんぴらに視線を向けた。

「こんなやつの下にいるのは情けなくねえか。将来性もないし、うちに来れば悪いようにはしないぜ？」

「貴様……っ‼」

その一瞬、椿は自分を捕まえている男の意識が、わずかに逸れたのを感じた。

隙を逃さず、思いきり肘鉄《ひじてつ》を食らわせた。

緩んだ腕から強引に抜け出し、追ってきた男の上に、掛かっていた仕掛けごと衣紋掛《えもんか》けを蹴り倒す。

「うわっ……！」

男の手から短刀が離れ、畳をすべって部屋の隅へ飛んだ。

彼が見た目よりは重さのある仕掛けに動きを封じられているわずかの時間に、椿は花瓶《かびん》を掴み、布の上から叩きつけた。

「こ……この野郎……っ!!」

恭和の叫びに振り向くと、人質を失った彼が自棄のように御門に斬りかかるところだった。

その瞬間、御門の目が殺気を帯びた。見たこともないような目だった。椿を抱いたり揶揄ったりしているときの御門とは、全然違っていた。

御門は傍にあった脇息を恭和に向けて蹴り上げた。

不意を打たれ、避けようとした恭和がバランスを崩す。御門は彼に躍《おど》りかかり、畳に押し倒した。

そのまま腕を背中にまわして締め上げる。

「ぎゃあっ……」

恭和は悲鳴をあげた。

彼の動きを封じてから、御門は椿を見てふっと笑った。

——やるじゃねーか

そう言われたような気がして、椿は少し照れてふいと顔を逸らした。

「あう……」

御門が恭和の手首を強く締め上げると、その手から日本刀が落ちた。続いて骨の折れる鈍い音がした。

恭和の口から再び悲鳴が迸《ほとばし》った。

御門は日本刀を拾い上げ、恭和の首筋に押し当てる。

「や……やめろ……っ」

「先に仕掛けてきたのはそっち——正当防衛だろ」

御門は刀を握り直す。

「だめ……!!」

椿は思わず叫んだ。

椿にとっては、本当に殺してやりたいほど憎い相手だ。——でも。

「殺したらだめだ……!」

警察は上手くすれば正当防衛で済んだとしても、一義会はそれで済むかどうか。

やられたらやり返すのが御門たちの世界だとは聞くが、一義会会長にとっては恭和は息子なのだ。不肖のとはいえ、息子を殺した男を生かしておくかどうか。

跡目争いのこともある。

跡目を決めるには、前会長の意見が最重要視される。いくら御門に目をかけてくれていた人でも、息子を殺した男に継がせようとするだろうか？

そんなことは御門にもわかっているだろう。自分が襲われた恨みで見境《みさかい》をなくすほど直情型の男とも思えない。

今、彼がとどめを刺そうとしているのは、恐らくは椿のためなのだ。椿のかわりに復讐を遂《と》げてくれようとしたのだ。

もう十分だった。

それに椿にとっては仇でも、御門にとっては、あれほど大切に思っていた妻の弟でもある。殺させて、指輪のときと同じ思いをさせることになったら。

「……貸して」

椿はてのひらを伸ばした。

御門は日本刀の柄《つか》を握らせてくれる。ずしりと重みが伝わった。

「や……やめろ……！」

両手でそれを握り締め、恭和が必死で訴えるのも無視して振り上げる。そしてしっかりと目を見開いて、思いきり振り下ろした。

血飛沫が散る。

恭和は悲鳴をあげ、ぐったりと気を失った。

「は……だらしない」

椿はつい失笑しそうになる。

（殺す価値もない）

斬ったのは、ただの利き手の小指だ。ついでに少し背中も切れたかもしれないが、それだけだった。

椿は指を拾い上げ、濡れ縁から庭の池に思いきり放り込んだ。鯉《こい》の餌《えさ》にでもなればいいと思う。

そして終わった、と思った瞬間、涙が零れた。

「……っ」

後ろで小さな呻きが聞こえた気がしたのは、そのときだった。

椿ははっと振り向いた。

涙を拭いながら、急いで御門の傍へ駆け戻る。平気そうな顔をしているから、軽傷なのかと思っていたのに。

「御門様……っ」

腕を押さえてうつむく御門を必死で覗き込む。

不安が押し寄せ、心臓が嫌な鼓動を打つ。この人にもしものことがあったら。

「しっかりしてください……！　もしかしてけっこう深手だったんじゃ……」

青くなる椿に、けれど御門は微笑った。

「……なんてな」

「なっ……」

「そうやって心配してもらうのも悪くねえな」

「もう、馬鹿っ……！　信じられない……！」

思わず胸を叩こうとして、椿は思いとどまる。

御門は一見平気そうな表情をしてはいるけれども、顔色は悪かった。傷はやはりひどいのではないか。

そしてそれも人質になった椿を守るためだ。

(俺のために)

そう思ったら、言葉が口を突いて出た。

「ごめんなさい……」

「何を言ってる……。巻き込んだのは、こっちだろ」

「そうだけど……っ」

椿はもうそれ以上言えずに、御門の首にぎゅっと抱きついた。


その後、ようやく騒ぎに気づいて駆けつけてきた見世の者に、御門は吉原病院へと運ばれた。

椿もそれに付き添った。

恭和も病院へ運ばれたが、応急手当てが済み次第、警察へ連行されるという。椿や御門も一通りの事情を聞かれ、後日改めて警察へ呼ばれることになった。

椿が思っていたとおり、一倉恭和が花降楼に登楼したのは、御門を襲撃する下見のためだった。恭和が座敷で初会を持っているあいだ、供部屋と呼ばれる控えの間で待っていなければならないはずの舎弟たちの姿が、見世のあちこちで目撃されていた。

そして彼は、御門ばかりか、実父である会長の殺害さえ企んでいた節《ふし》もあるということだった。

そういえば恭和が座敷で、「もうすぐ会長代行の『代行』がとれる」と話していたのを椿は思い出す。

すべてを知った会長は激昂し、その日のうちに恭和の破門《はもん》を宣言した。

破門されればやくざとしての凌《しの》ぎができず、極道として生きていくのは極めて難しくなるらしい。刑務所に服役《ふくえき》しても、仲間から蔑《さげす》まれ、爪弾《つまはじ》きにされる未来が待っていると聞く。

けれど同情はしなかった。

御門は傷を縫合《ほうごう》する手術を受けたが、終わってみれば至《いた》って元気だった。傷は内臓には達しておらず、少しならものを食べてもいいという。

「心配して損《そん》した」

枕元で林檎《りんご》を剝《む》きながら、椿は唇を尖らせた。

その手許を見て、

「剝けるんだな」

と、御門は感心した顔をする。

「けっこう上手じゃないか」

「ひさしぶりだけど……昔は何でも自分でやってたから」

母は家庭的な女ではなかったから、当時から料理だって、椿がつくることのほうが多いくらいだったのだ。

病室には、あちこちからの見舞いの品が部屋を埋め尽くすほどたくさん届いていた。花や果物の籠《かご》の底には、札束が詰まっていたりもするらしい。

運んできた舎弟たちに姐さんと呼ばれ、椿はひどく驚いた。

「関係のある相手は、みんな姐さんて呼ぶもんなんだよ」

「あ、そう……！」

説明されてむくれる椿を見て、御門は笑った。

「俺にはおまえだけだけどな」

「う……」

あまりに真正面から甘いことを言われ、却って狼狽えてしまう椿だった。

「で……でも姐さんは変だと思う……」

「じゃあ、なんて呼ばせる」

そう言われても、ぱっとは思いつかなかった。

「……名前でいいです」

と、答えたが、椿という源氏名《げんじな》は、自分でも気に入っていた。椿の花は華やかで、落ちるときはぽとっと落ちる。その潔《いさぎよ》さが好きだった。

椿は、林檎に視線を落としたまま、切り出した。

「……聞きたいことがあるんですけど」

「なんだ」

「どうして言ってくれなかったんですか？　七年前のあのとき、俺たちを売り飛ばそうとしてたのは、あなたじゃないって。ただたまたまあそこに来合わせただけで、むしろ……助けてくれたんだ、って」

もしそのことを最初から知っていたら、椿の御門に対する態度はもっとやわらかなものになっていただろう。それに椿自身、もっと早く自分の気持ちに素直になれていたかもしれないのに。

御門はふっと笑った。

「あれと似たようなことならいろいろやってきたからな。おまえの件だけ否定するのも、善人《ぜんにん》ぶってるようでなんだかと思ったんだよ。それに、内臓売られるよりはましにしても、おまえを花降楼に売るよう指示したのは俺に間違いなかったし、恨まれる筋合いなら一応あっただろう？」

「でも、言ってくれればよかったのにっ……」

似たようなことを何度もやったというのは、嘘ではないのだろう。それでも、椿を助けてくれたときのことから想像しても、御門は恭和のような無慈悲なやり方はしなかったのではないかと思うのだ。

抗議する椿の頬を、彼は撫でる。

「俺も聞こうと思ってた」

「え……？」

「恭和を殺さなかったな」

「……そんなに簡単に人殺しなんて、できません」

殺してやりたかったのは事実だけれども。

「俺が殺ってやってもよかった」

「御門様……」

やはり彼は椿のためにそうしてくれるつもりだったのだ。彼のその気持ちに、じんと胸が疼く。

椿は首を振った。

「殺す価値もないと思ったし……それに殺したら、あなたが一義会の天辺《てっぺん》に立てなくなるかもしれないと思ったから」

御門が軽く目を見開く。そして笑った。

「そりゃまた……」

「立つんでしょう？　いつかは」

御門は唇でにやりとした。

「やくざは嫌いなんじゃなかったか？」

「嫌いだけど……っ」

にやにやと面白がる御門に、椿は言い募る。

「でもどうせなら天辺に立ったほうがいいでしょう!?　そもそも、昔それを俺に言ったのはあなたなのに……！」

御門は軽く噴き出した。くしゃくしゃと椿の頭を撫でる。

「そのとおりだな。さすが鬼の女房だ」

「鬼の女房？　……って」

鬼の女房に鬼神、という意味だろうか。

「俺、そんなに怖くありません」

椿は女房扱いされた照れと半分で、つんと顎を反らす。そもそも男の身で女房というのはどうなのかとも思うのだけれども。

それを見て、御門はまた笑った。

笑い声に続いて、とんとん、という聞き覚えのある音がする。

視線を戻すと、御門が煙草を取り出し、口に咥えようとしているところだった。

「だめ……！」

椿は反射的に取り上げる。

「ああ？」

「治るまで禁煙です……！」

そしてちょうど剝けたばかりの林檎をかわりに口に突っ込む。

「どうせだったら、このままずっと禁煙したらどうですか？」

御門は苦笑した。

「意外と、世話女房にもなるかもな」

そう言いながら、しゃりしゃりと林檎を囓る。

世話女房に「も」という言葉に、少々の含みを感じて引っかかるけれども。

(……まあいいか)

と思う。

椿は自分も林檎を頬張った。

【9】

そして御門の傷が治る頃、吉原の大門が打たれた。

大門を打つなどということは、吉原が復活してから初めてのことであり、おそらく絶後《ぜつご》であろうとも言われていた。

いくらかかったのか、聞いても御門は教えてはくれない。けれど恐らく数千万では済まなかっただろうと思われた。

たしかに、そんな馬鹿をやる男が、今の時代にこれからも出てくるとも思えなかった。

「ほんとに馬鹿ですよね」

と、椿はつい呟いてしまう。

「ここまでしなくても、俺は……」

御門のものになったのに。

金もお職も関係なくても、御門とずっと一緒にいたいと思うからだ。

けれどそんな椿に、

「これがおまえの価値なんだと思っておけばいい」

と、御門は言った。

閉め切られた大門の内側では、すべての店の娼妓や従業員にまで酒と料理が振る舞われ、祝儀が出された。

至る処で飲めや歌えのどんちゃん騒ぎが繰り広げられていた。

吉原じゅうの幇間が音曲《おんぎょく》を掻き鳴らし、踊りながら仲の町を練り歩く。そして彼らに先導されて、それぞれの店の売れっ妓の傾城や高級娼婦たちが御門に挨拶に来て、踊ったり歌ったりした。選りすぐりだけあって、いずれも美妓ばかりだ。

御門は、花降楼でも最も大きな庭に面した座敷に宴を張り、見世じゅうの妓を侍らせてお座敷遊びをした。

椿も上座に据《す》えられ、下へも置かぬ扱いをされていい気分だったが、御門が次々に酌をされては盃を干し、営業までされて満更でもないようすなのを見るのは、少々面白くなかった。

「鼻の下伸ばしちゃって」

と、つい口に出せば、

「妬いてんのか？」

と嬉しそうに返してくる。そんな顔を見ると、何故だか一応否定してみせる気にもなれずに、ただ頬をふくらませて椿は睨む。

御門は笑った。

「まあ食え」

と、薄焼き玉子を箸で口許に運んでくる。

「食べ物で釣ろうと思って」

「いいからほら」

あーん、と言われ、食べさせてもらうと、周囲から冷やかしの声があがった。こういうふうに囃《はや》されるのは、けっこう嫌いではなかった。

（しかも美味しい）

今日の日のために、特別に椿の好きなものばかりをつくらせた料理も酒も、とても美味しかった。

つい目尻を下げると、御門もまた目を細めた。

優しい笑顔に、急に鼓動が速くなる。

（……ちょっと酔ったかも）

と思う。

椿は頃合いを見て、風に当たりに庭へ出た。

手でぱたぱたと顔を仰ぎながら、敷石の上を飛んで歩いていると、ふいに後ろから髪を引っ張られた。

「痛っ……綺蝶……！」

「本気で大門打ちをやるとはねえ」

にやにやと笑って綺蝶は言う。

「惚れられてんじゃん」

「……まあね」

綺蝶は冷やかしの口笛を吹く。傾城でありながら、こういうところにはひどく若衆っぽく感じられる。

「忍に続いておまえまでいなくなると、ここも寂しくなるな」

と、綺蝶は言う。

忍もまた紆余曲折《うよきょくせつ》の末、少し前に身請けされ、この花降楼から去っていた。

「しあわせになれよ？」

その変に素直な言葉に、椿は不覚にも泣いてしまいそうになった。

明日吉原を出て行けば、綺蝶にももう会えない。

揶揄われたり苛められたりしたけれど、どこかで兄のように思っていた部分があったのかも知れないと、今さら思う。そんなことは決して言ってやらないけれど。

声が震えそうになるのを堪えて、

「あんたもね」

と、椿は言った。

「さあ、どうだかねえ」

と笑う綺蝶の視線の先で、蜻蛉がひとり人混みから離れ、縁側で月を眺めている。

その姿はかぐや姫のように美しい。


宴は深夜遅くまで続き、ようやくお開きになったのは、微かに東の空が白《しら》みはじめてからのことだった。

椿と御門とは、一緒に椿の部屋へと引き上げた。

恭和たちとの立ち回りのために座敷はだいぶ痛んでしまっていたが、再び業者を入れ、元通り――否、それ以上に派手に、金箔に龍《りゅう》の模様を描き込んであった。

せっかくのこの座敷で過ごすのも最後だと思うと、また少し寂しくて胸が痛んだ。

御門は軽く一杯だけ飲むと、椿の膝を枕に転がった。

「ここへ登楼るのも最後かと思うと、けっこう名残惜しいな」

と、御門は呟く。

同じことを考えていたのか、と椿は少し嬉しくなった。

御門は椿の頬に手をふれて撫でる。引き寄せられるままに唇をあわせた。

口づけが次第に深くなる。そして身を起こした御門に、畳に押し倒された。

「あの……奥に床《とこ》が……」

伸べてあるのだと言ってみるけれども。

「せっかくだ。ここでしよう」

「あ……」

改めて唇を塞がれ、搦めとられながら、仕掛けを脱がされる。帯を解かれ、着物をはだけさせられ、裾から手を差し込まれる。

御門のてのひらは、椿の腹をゆっくりと撫でた。

（え……腹？）

何故腹を、とふと思い、椿は目を開けた。唇を離した御門と視線があう。

彼は目で微笑《わら》っていた。

「華奢《きゃしゃ》だとばかり思っていたが、あれだけ食えば腹も出るもんだな」

だったのだ。


御門が撫でて感触を愉しんでいたのは、食べ過ぎて一時的にぽっこりと膨らんだ椿の腹
「なっ……」

椿は真っ赤になった。

「こ……このっ、言うに事欠いて、……っ」

「可愛くていいじゃないか」

「可愛くてもなんでもっ、失礼な……っ!!」

色子に向かって「腹が出ている」なんて失礼にもほどがあると思う。

椿は御門を押しのけようとして暴れた。けれど手首を摑まれ、脚を絡められて、ことごとく御門に押さえ込まれてしまう。

そのあいだにも身体のあちこちが互いに擦《こす》れて、言いようもなく疼きはじめるのを椿は感じた。

舌を搦めとられると、力が抜けてしまう。

御門は唇だけでなく、椿の額や頬、耳朶《じだ》や首筋にまで唇を這わせ、舌を這わせてきた。

「うんっ……」

甘い吐息が漏れた。

いつもの愛撫と、今日はどこかが違っていた。

「ここも……」

と、御門は椿の耳をしゃぶり、首を吸いながら囁く。

「ここも、全部俺のものだな」

「……っ」

その言葉を聞いた瞬間、胸がきゅうっと甘く痛んだ。

「御門様……っ」

「もう、それもやめろ」

「え……？」

「名前でいい。様もいらない」

椿は戸惑い、目を見開いた。

「まさか名前、覚えてねえんじゃねーだろうな」

「まさか……！」

慌てて否定する。そしてじっと上目遣《うわめづか》いに男を見上げた。

「……春仁……さん？」

「さんもいらない」

「は……春仁……？」

呼び捨てにした途端、またぎゅっと胸が痛くなった。

口づけられ、全身をてのひらで撫でられる。それだけで肌が粟立《あわだ》った。何かちょっとされただけでもびんびん感じる。いつも感じるけれども、どこかが全然違っていた。

御門は露わになった乳首を舌で掬うように舐めまわしてきた。

「んんっ……」

ざらりと濡れた感触が、そのまま下腹に響いてくるようだった。それだけでもきつすぎるくらいなのに、更に甘噛みまでされて、びくん、びくんと腰が跳ねる。

「ああんっ、あん、んっ」

いつのまにか膝が立ち、男の腹に擦りつけるように腰を浮かせていた。はしたないことをしている自覚はあるのに、我慢できなかった。

「あ、んっ……ん、っ……」

擦り続けながら喘ぐ。そのたびに、わずかに身体に纏わりついたままの仕掛けや襦袢が衣擦《きぬず》れの音を立てた。

「いやらしいな」

「あ、っ……」

言葉で嬲られ、睨みつけようとしてできない。もう片方の乳首を摘まれ、思わず目を閉じてしまいそうになる。

「こっち も勃《た》って……」

「あぁぁっ……」

押しつけている下腹にはひどく濡れた感触があった。御門にもわかっているだろう。たまらなく恥ずかしくて、でも気持ちがよくて、止めることができない。自分で離れることもできない。

「うぅんっ……ん、ん……っ」

「こっちもして欲しいのか」

「あぅんっ……！」

緩く握られて、それだけで達《い》きそうになった。

身体の奥の深いところまでが、疼きはじめる。

「自分でしたいか？　してるとこ、見ててやろうか」

「やぁっ……」

椿はぶるぶると首を振った。けれど自慰を御門に見られることを想像しただけで、奥がじゅんと濡れたような気がした。

「し、して……っ」

椿はなかば無意識に口走っていた。待ちきれなかった。

「何を？」

「……い……弄《いじ》って……っ」

そう言った瞬間、かあっと頬が熱くなった。

両脚を掬いあげるように抱えられる。大きく開かされ、身体中がいっそう激しく火照った。

その中心に、御門の視線を感じた。

「あ……」

意識しただけで吐息が漏れた。ひくりと蕾《つぼみ》が収縮するのがわかる。

（だめ……）

けれど止めようとすればするほど疼きは増すようにも思える。いっそうひくひくと男を誘《いざな》うように蠢く。

「う……やぁ……そんな、見たら……っ」

押し寄せてくる羞恥《しゅうち》と被虐《ひぎゃく》的な快楽に、椿は泣きそうだった。今まで誰と、どんな行為をしても、こんな気持ちになったことはなかった。何を見られても、こんなに恥ずかしくて、そして気持ちがいいなんて。

「嬉しそうじゃないか。何もしないうちから、こんなに開きかけて……」

「そ、んな」

「ほら、こうしたら」

「いやぁ……っ」

淫らな科白とともに後孔《こうこう》に触れられる。

そんなはずはないと思うのに、その指をくわえ込もうと孔《あな》が収縮していることが、自分でもわかる。淫らな反応を止めることができない。

早く欲しい、と椿は思ってしまう。

もう痛くてもいいから。

「あ……あぁ……そ、そこっ……っ」

御門はべとべとになった椿の屹立《きつりつ》をてのひらで包み込み、擦りはじめる。軽く上下にされただけで、快感が貫《つらぬ》いた。

椿は思いきり背を撓らせる。

「あぁあっ……！」

ほとんどその刺激だけで達してしまいそうになるけれども、それはまだ序《じょ》の口《くち》だった。

ふいに後孔に舌の感触を感じて、椿は悲鳴をあげた。

「いや、そこ……！」

椿は御門の頭を押しのけようとする。けれど御門はやめてはくれなかった。

「……そんなとこ……いや……ぁっ」

唾液で濡らされながら、入り口のあたりを少しずつ広げられる。舌先でほぐし、やわらかく綻《ほころ》んでくると、指先を潜《もぐ》り込ませてくる。

「あ……！」

それだけでもぐずぐずに溶けてしまいそうだったのに、御門はそこを挿《さ》し入れた指で開き、広げて、中まで舌を挿《い》れてくるのだった。

「あぁっ……」

敏感な内側の襞《ひだ》を舐められて、おかしくなりそうなくらい感じた。

「あぁ……あぁ……っ」

ぞくぞくっ……と悪寒《おかん》のようなものが下腹に渦《うず》を巻く。なんてことを、と思うのに、どうしても腰が揺れる。

「へ——変なこと、あっ、あ——っ……」

奥まで感じる、指とは違うやわらかい感触がたまらなかった。

「っ、やっ……そんな、変態……っ」

「ご挨拶だな」

「あぁぁっ——」

「中が悦《い》いんだろう？」

喋られると、息がかかる。

それにさえ悦《よ》がって、椿は息も絶え絶えに喘いだ。

「あ——あん、あんっ、はぁ……っ」

抗《あらが》っていたはずの手は、いつのまにか御門の髪を撫でまわすように動いていた。恥ずかしくて嫌なのに、もっと深く舐めてもらいたくて腰の奥が蠢動《しゅんどう》する。自《みずか》ら身をくねらせる。

「あ、あ、あ……っ、もう、あぁっ……！」

どろりと先走りが零れる。

「やぁ、い、いっちゃう——」

我慢できずに、思わずはしたなく訴える。

ようやく御門は顔をあげてくれた。

視界が涙でぼやけていた。

淫らな膝を摑まれ、腹につくくらいまで思いきり開かれる。ぐちゃぐちゃになった中心を見られるのが恥ずかしくて、けれどそれにさえ感じた。

すっかり綻んだ孔に、御門の先端が押し当てられた。

「あ……」

（……熱……い）

中へ潜り込んでくる。

「あ、あ、あぁぁ——っ、あ……!!」

一気に奥まで挿れられ、貫かれ、脊髄《せきずい》をじかに擦られたような錯覚《さっかく》さえ覚えた。その瞬間、椿は思いきり御門のものを食い締めて達していた。

男の視線の下で、びゅくびゅくと白濁《はくだく》を吐き出す。

「あっ……あっ……」

恥ずかしくて、でもひどく気持ちがいい。最後まで絞り出すように指できゅっきゅっと擦られればよけいだった。

「あぁっ……あぁ……っなかに……挿れただけで……」

自分でも何を口にしているのかよくわからなかった。

「気持ちよかったか」

「う……んっ」

半ば無意識に頷く。

まだ身体の中には硬く熱い楔が埋まったままになっている。御門はゆっくりと動きはじめる。

「あぅ――あぁぁっ……」

椿は楔を食い締めながら、彼の身体に思いきりしがみついた。達したばかりのひどく敏感になった身体の中へ、御門は強く送り込んでくる。

「あ、あ、あ……!」

「ここが好きか」

「いい、気持ちいい、好き……っ」

突かれるたび意識が飛びそうになる。縋るように爪を立てた。

「春仁……」

名前を呟くと、涙が零れた。


蒼白い薄闇の中、眼下にはたくさんの遊廓や娼館が眠りについている。

椿は窓辺に佇《たたず》み、それを眺めていた。

この景色を眺めるのも、これが最後になる。子供の頃から七年以上を暮らした吉原を出て行く。

寂しくないといえば嘘になるけれども。

いつのまに目を覚ましていたのか、御門が背中から抱き締めてくる。

彼さえいればいい。

椿はその手に自分の手を添えた。

夜が明ければ、一緒に大門を出て行くのだ。

そしてこれからは二人で、家族になる。

あとがき

こんにちは！　または初めまして！　遊廓シリーズではおひさしぶりです。鈴木《すずき》あみです。お買い上げ、またはお手にとってくださいまして、ありがとうございます。

遊廓シリーズも第四弾になりましたね。おめでたいことです。

今回も主人公を変えてのお話なので、ずっと読んできてくださった方はもちろん、初めての方でも問題なくお楽しみいただけると思います。よろしくお願いいたします。

さて今回は、嫌々身売りをしてる色子たちが多い中、美人で我が儘で気が強くて、傾城としての人生をけっこう謳歌しちゃってる妓が主人公です。前回もちらっと出演してます、椿《つばき》ですね。こういう妓はこういう妓で、遊廓にはやっぱりいて欲しいと思うわたくしなのです。

そしてお相手は極道。やくざですね。やくざ、一回書いてみたかったのです。

どうもあんまりそれらしい人にはならなかったのですけども。前回とはまた打って変わって派手好みな二人、お楽しみいただければ嬉しいです。

よかったら、ご感想などお聞かせくださいね。お待ちしています。

綺蝶《きちょう》や蜻蛉《かげろう》、忍《しのぶ》たちもちらちら出てきてます。

が、このチラリズムでは物足りないという方のためには、なんと今回は夏のフェア！　ということで、小冊子の全員サービスがあるのです……！

こちらのほうに、綺蝶×蜻蛉のショートストーリーを書き下ろさせていただく予定ですので、ぜひともご応募くださいませ。

今担当さんに確認しましたら、テーマは「番外編エロ」だそうです――ええ え？　初耳だよっ！　……でも頑張ります。よろしくお願いいたします。詳しくは、文庫の帯（たぶん）を見てね！

それからもう一つCMを。

遊廓シリーズ第一弾「君も知らない邪恋《じゃれん》の果てに」のドラマCDが先月発売

になりました……！
　もう聴いてくれましたか？　まだの方はぜひゲットして、聴いてみてくださいね。すばらしい出来になってますから。旺一郎《おういちろう》×蕗芝《ふき》はもちろん、綺蝶や蜻蛉もちらっと出てきます。よろしくお願いします。詳しいことは、フィフスアベニューさんのＨＰをご覧くださいませ♡
　そんでもって、なんと今年中？　あたりには、第二弾「愛《め》で痴《し》れる夜の純情」もドラマＣＤにしていただけることになりました……!!　わーい!!　本当におめでたいですね!!　第一弾を買ってくださった皆様のおかげです♡
　私も今から楽しみで楽しみでしかたありません。
　こちらのほうも、ぜひぜひよろしくお願いいたします。

　そして、前回のあとがきでもお知らせしましたが、小説花丸（季刊。三、六、九、十二月四日発売）では、樹要《いつきかなめ》先生による「愛で痴れる夜の純情」のコミック版も連載中です！
　毎回物凄く可愛い綺蝶や蜻蛉がたくさん……！　原作のいろんなシーンや、原作にないシーンもあったりします。

こちらもぜひぜひ追いかけてくださいね。

私も毎回凄く楽しみに読ませていただいてます♡

というわけで、イラストを描いてくださった、樹要さま。

凄く美人で色っぽい椿と――Hのときの表情が特に超可愛くてお気に入りです！　――悪党らしく、滅茶滅茶かっこいい御門《みかど》をありがとうございました。

御門も恐ろしく色っぽいですよね。こんなやくざにだったら、人生どうされても悔いはないかも（笑）本当にうっとりな二人をありがとうございました。

にもかかわらず今回も……というか、今度という今度は大変なご迷惑をおかけしてしまい、本当に申し訳ございませんでした。今後このようなことがないよう頑張りますので、これからもどうかよろしくお願いいたします。


担当のYさんにも、今度という今度は、恐ろしいほどのご迷惑をおかけしてしまいました。本当に申し訳ありませんでした。

それなのに、最後まで見捨てることも切れることもなく、あたたかく励まし続けてくださって、本当にありがとうございました。Yさんのおかげで、なんとか最後までたどり着くことができました。次こそはいい子で……と言うのもあまりにもあつかましすぎて口にもできないほどですが、頑張りますので、これからもどうかよろしくお願いいたします。

さて、そんなわけで、次回の遊廓シリーズは、あまりお待たせしないうちにお届けできるかと思います。

そのときはまた、ぜひ読んでやってくださいね。よろしくお願いいたします。

それでは。

鈴木あみ

Hanamaru Bunko

作家・イラストレーターの先生方へのファンレター・感想・ご意見などは
〒101-0063 東京都千代田区神田淡路町2-2-2
白泉社花丸編集部気付でお送り下さい。
編集部へのご意見・ご希望などもお待ちしております。
白泉社のホームページはhttp://www.hakusensha.co.jpです。

白泉社花丸文庫
婀娜めく華、手折られる罪

2006年7月25日 初版発行

著　者　鈴木あみ ©Ami Suzuki 2006
発行人　三浦 修二
株式会社白泉社
〒101-0063 東京都千代田区神田淡路町2-2-2
電話03(3526)8070(編集) 03(3526)8010(販売)
印刷・製本　図書印刷株式会社
Printed in Japan HAKUSENSHA　ISBN4-592-87476-5
定価はカバーに表示してあります。

好評発売中　花丸文庫

★一途でせつない初恋ストーリー！

君も知らない邪恋の果てに

鈴木あみ　イラスト＝樹　要　●文庫判

兄の借金返済で吉原の男の廓に売られる前日、憧れの人・旺一郎との駆け落ちに失敗した蕗苳。月日が流れ、店に現れた旺一郎は蕗苳を水揚げするが、指一本触れず…。2人の恋の行方は？

★遊廓ロマンス、番外編登場！

愛で痴れる夜の純情

鈴木あみ　イラスト＝樹　要　●文庫判

吉原の男の遊廓・花降楼で双璧と謳われる蜻蛉と綺蝶。今は犬猿の仲と言われているふたりだが、昔は夜具部屋を隠れ家に毎日逢瀬を繰り返すほど仲が良かった。ふたりの関係はいったい…!?

好評発売中　花丸文庫

★遊廓ロマンス「花降楼」シリーズ！

夜の帳《とばり》、儚《はかな》き柔肌《やわはだ》

鈴木あみ　イラスト＝樹　要　●文庫判

男の遊廓・花降楼で働く色子の忍は、おとなしい顔だちと性格のため、客がつかず、いつも肩身の狭い思いをしていた。そんなある日、名家の御曹司で花街の憧れの的・蘇武と一夜を共にしてしまい…⁉

★学園サバイバル・ラブコメディ。

ルームメイトは恋の罪人♡

鈴木あみ　イラスト＝松本テマリ　●文庫判

昨年のクリスマス以来、寮のルームメイト・友成と肉体関係を続けていた万智。友成の「彼女を作る」発言にショックを受けるが、もう友達には戻れない。やがて2人の間は最悪な状態に！

好評発売中　花丸文庫

★ちょっとアブないホームドラマ！

パパと♥KISS IN THE DARK

南原　兼　イラスト＝桃季さえ　●文庫判

朝からエッチをしてしまったせいで入学式に遅刻した実良《みら》。その相手は、実良の父でフェロモン全開の俳優・宗方鏡介。こんな関係はやめたい実良だが、鏡介と自分が実の親子でないことを知り‥‥。

★大好評！お騒がせホーム・ロマンス第2弾!!

パパと♥LOVING ALL NIGHT

南原　兼　イラスト＝桃季さえ　●文庫判

高校一年の実良の「父」はフェロモン俳優の鏡介。でも二人は本当の親子ではなく、ラブラブな関係。ある日、実良と生徒会長で義理の兄・貴之がひょんなことでキスしてしまい、大騒動に‥‥！

★企業買収の代償は…エグゼクティブ・ロマンス！

ひざまずいて愛を乞え

バーバラ片桐　イラスト＝高座　朗
●文庫判

名門時計メーカーの社長である父のもと、秘書として働く和博。資金難を救ってくれそうな買収先を探すうちに、ベンチャー社長・司郎と知り合う。だが超「俺様」な彼は見返りにある要求を…。

★信じたいけど…切ない純愛ストーリー。

「愛してる」と言わないで

響　高綱　イラスト＝蓮川　愛
●文庫判

夜の街の住人たちの間で「ここで店頭掲示用の写真を撮るとナンバーワンになれる」ジンクスで知られる小さなスタジオ。そこで写真を撮る真琴は、超一流のホスト・邦彰に愛をささやかれるが…。

好評発売中　花丸文庫

★イケメン荘へようこそ♡ドタバタラブ

ひと目会ったら恋に花

英田《あいだ》サキ

●イラスト＝笹生コーイチ
●文庫判

左遷された商社マン・幸村。引っ越し先の古ぼけた下宿屋の住人は、エロ漫画家にアイドル顔の鳶職人など、超個性派の美形ばかり。中でも元ホストのラーメン屋・中馬は酔った幸村に濃厚なキスを…!?

★僕を助けてくれたのは…ピュアロマンス！

花丸新人賞受賞第一作！

地上のマーメイド

一條惺理

●イラスト＝麻生 海
●文庫判

体が弱いけれど、叔父のレストランでバイトを始めた高2の律。常連客の穂積と仲良くなり、少しずつ変わりはじめた律だったが、ある日、街中で発作を起こしてしまう。彼を助けてくれたのは…!?

花丸新人賞作品募集

多くの作家がデビュー！
プロをめざすあなたの登竜門!!

あなたの可能性にチャレンジ!!

小説部門

賞金

入選	30万円
佳作	15万円
選外佳作	5万円
奨励賞	3万円
ベスト7賞	7千円
特別賞	1万円

（ジャンル・テーマやキャラクターなどに、新鮮な魅力があった作品に差し上げます）

◇応募方法 他◇

●未発表のオリジナル小説作品。同人誌・個人ホームページ発表作品も可。他誌で賞を取った作品は応募できません。テーマ、ジャンルは問いませんが、パロディは不可。読者対象は10～20代の女性を想定してください。●原則としてワープロ原稿でお願いします。枚数はB5またはA4の用紙（感熱紙はコピーをとってコピーの方をお送りください。）に20字×26行を1段として、24段以上無制限。印字はタテ打ちで字間・行間は読みやすく（字間よりも行間のほうを広く取ってください）1枚の紙には3段までとし、20字×2000行以上の小説には400字程度のあらすじをつけてください。●原稿のオモテ面のどこかに通し番号（ノンブル）をつけて、ひもやダブルクリップなどで綴じておいてください。●簡単な批評・コメントをお送りします。希望の方は80円切手を貼って自分の住所・氏名をオモテ面に書いた封筒（長4～長3サイズのもの）を同封しておいてください。

◇重要な注意事項◇

整理の都合上、1人で複数の作品応募の場合は1つの封筒に1作品のみを入れてください。また、過去に花丸新人賞に投稿した作品のリメイク（書き直し）及び続編作品はご遠慮ください（なるべく新作を）。他誌の新人賞に投稿した作品は、必ず審査結果が判明した後に応募してください。1つの作品を同時期に募集している2つ以上の新人賞に投稿するのは絶対にやめてください（事情によっては入賞を取り消すこともあります）。ご記入いただいたあなたの個人情報は、この企画以外には使用いたしません。●あて先／〒101-0063 東京都千代田区神田淡路町2-2-2 白泉社 花丸新人賞係（封筒のオモテに「小説部門」と赤字で明記してください）●しめきり／年4回●審査員／柳谷敬広小説花丸編集長以下花丸編集部●成績発表／小説花丸誌上●応募要項／作品タイトル・ペンネーム（フリガナ）・本名（フリガナ）・年齢・郵便番号・住所（フリガナ）・電話番号・学校名または勤務先・eメールアドレス・他誌投稿経験の有無（ある場合は雑誌名・時期・最近または最高の成績）・批評の要・不要及び編集部への希望・質問を原稿の第1ページ目のウラに書いてください。●受賞作品は白泉社の雑誌・単行本などで掲載・出版することがあります。その際は規定の原稿料・印税をお支払いします。また、受賞者への賞金は結果発表号の発売日から1か月以内にお支払いする予定です。●イラスト部門もあります。最新の情報は小説花丸、白泉社Web内の「ネットで花丸」をご覧ください。白泉社Webサイト http://www.hakusensha.co.jp